Teoria ja käytäntö

Kirjoituksia

Kimmo Kettunen

Koulu

Koulu oli mäen päällä kuin valkoinen valas vuorella. Rakennuksen toisen puolen ikkunat tuijottivat alas Hämeentielle talojen välistä, toisen puolen ikkunat tekivät havaintoja puistosta, hiekkakentästä ja sen takaisesta korkeamman asteen oppilaitoksesta.

Koulurakennuksessa oli kaksi lisäsiipeä. Toinen siipi oli voimistelu- ja juhlasali, toinen vessa. Molemmat siivet olivat yhtä vähän juhlallisia, jotenkin päälle liimattuja koko rakennuksessa. Voimistelusalin päädyssä oli tupakointialue, mutta vessan ulkopäätyyn ei kuseskeltu, ei ainakaan kouluaikaan.

Kun koulun pihaan astui eri porteista, näki hyvin erilaisen näyn. Pääportista sisään tullessa oli edessä koko pihan alaston autius. Alaportista tullessa joutui kiipeämään ensin ylös portaita, ennen kuin pääsi kääntymään pihaan vessan kulmalta. Ellei sitten ollut niin onnekas, että pääsi ruokalan ovesta sisään jostain syystä. Puiston ja hiekkakentän kautta tullut tuiskahti pihaan aidan portista ja suuntasi saman tien suoraan ovia kohti.

Minä kuljin kouluun hiekkakentän yli kahdeksan vuotta koululaukku olalla samaa reittiä. Yhden kerran myöhästyin alaluokilla ja tungin itseni ikkunasta sisään luokkaan, ettei tulisi merkintää myöhästymisestä. Vahtimestari Kaikkonen oli vetänyt ulko-oven kiinni aivan nenäni edessä ja mennyt takaisin koppiinsa aulan perälle. Käännyin portailla katsomaan tyhjää pihaa ja huomasin ikkunan luokkaan olevan auki ovien vieressä. Kömmin sisään kakkosluokkaan, ja istuin pulpettiini odottelemaan aamunavauksen loppumista.

Voimistelua

Jokainen muistaa koulusta pienipäisen, kuivankälpeän voimistelunopettajan, jonka pää veti palloja puoleensa kuin magneetti. Jos pallo osui opettajan päähän, tämä huusi vain "hyvä pojat, jatkakaa samaan malliin" ja jatkoi matkaa voimistelusalin nurkassa olevaan koppiinsa.

Opettaja oli etevä näyttämään mallia päällä seisomisessa. Liike onnistui pieneltä mieheltä hyvin, avaimet ja pikkurahat putoilivat diagonaalihousujen taskuista ja opettaja sai kerätä ne jälkeenpäin naama vielä punakkana pitkästä ja mallikkaasta käsillä seisonnasta. Oppilaiden käsilläseisontayritykset olivat vuodesta toiseen samaa yli kaatumista liialla vauhdilla, käsien pettämistä ja pyllistelyä. Opettajan hyvää tarkoittava nilkoista kiinni pitäminen ei auttanut yhtään.

Hurraata opettajalle huudettiin lujimmin silloin, kun hän johdatti pitkän talven nuuduttamat innokkaat potkupallon pelaajat maaliskuun loskaiselle ja koiranpaskaiselle kentälle pelaamaan. Kun ensin oli tehty jalalla kanavia maalien eteen, ettei maalivahdin tarvinnut seisoa koko aikaa vedessä, opettaja katsoi kentän laidalta tyytyväisenä, kun pojat ryntäilivät loskassa kentän verkkoaitapäästä toiseen ja potkaisivat loskan roiskuessa veteliä laukaisujaan. Ne joiden mielestä pallon potkiminen loskassa ja koiranpaskassa ei ollut hauskaa, oli vaiennettu ja passitettu kävelemään Paavo Nurmen patsaalle, jossa heidän piti odotella opettajaa kuittaamaan käynti.

Voimistelunopettaja muuttui tarpeen mukaan myös ammatinvalinnanohjaajaksi ja terveysopin opettajaksi. Nautimme niistä tunneista. Terveysopin kirja oli täynnä vanhan ajan oppia ilmakylvyistä ja itsensä karaisemisesta vielä 1970-luvun alkuvuosina. Kun oli sukupuolivalistuksen vuoro, opettaja hyppäsi kirjan niiden sivujen yli ja totesi kaikkien varmaan nämä asiat jo tietävän.

Koulupojan nokkeluudella vastailimme terveysopin kokeissa niin, että sotkimme jokaiseen kysymykseen hyvän kunnon merkityksen, olipa kyse sitten sisäelimistä tai korvista. Opettajan mielestä hyvällä fyysisellä kunnolla pärjäsi aina ja kaikissa olosuhteissa, ehdottomasti milloin ja missä vain, joten emme me sitä turhaan korostaneet vastauksissa. Pisteitä tuli, vaikka asiasta ei paljoa muuta olisikaan tiennyt. Hyvä fyysinen kunto vaikutti näköön, kuulemiseen, verenkiertoon, maksaan ja munuaisiin, mihin tahansa, ainakin meidän vastauksissamme.

Keskikoulun viimeisenä vuonna luokka jakaantui ammatinvalinnanohjauksessa joka tunnin alussa ryhmiin, ja jokainen ryhmä yritti tutustua johonkin aiheeseen. Laiskimmat ja röyhkeimmät luokalle jääneet perustivat etelään menijöiden ryhmän, toiset halusivat päästä poliisikoirakouluun opiskelemaan. En tiedä pääsivätkö koskaan. Vuoden ajan tunneilla selattiin samoja sinikantisia oppaita, etsittiin mahdollisuuksia maailmasta, jossa ei tuntunut olevan mahdollisuuksia kuin niukasti yhden käden sormien määrä.

Uskontoa

Uskontoa opetti koko kouluajan sama vanha mies oppikoulun alaluokilta alkaen. Opettaja tuli luokkaan tummassa puvussaan ja liiveissä, teroitti lyijykynänsä taskusta ottamallaan metallinvärisellä linkkuveitsellä ja piti kuria yllä luokassa laittamalla metelöitsijät ensin istumaan korokkeelle luokan eteen. Jos sekään ei riittänyt, siirsi opettaja pahimmat mekastajat korokkeelta käytävään. Oikein vihaisena opettaja hakkasi karttakepillä opettajanpöytää ja huusi "hiljaa" käsittämättömän lujaa niska hitaasti punehtuen. Opettaja oli kasvatustieteiden tohtori, dosentti ja myöhempinä vuosina professori.

En koskaan laskenut, montako kertaa Vanha ja Uusi testamentti käytiin lävitse kahdeksassa kouluvuodessa. Kolmeen tai neljään kertaan varmasti. Tekstit olivat sinikantisessa ohutlehtisessä kirjassa, joka näytti virsikirjalta ja seurasi mukana koko kouluajan. Kirjan kapeat marginaalit oli piirrelty täyteen tikku-ukkoja, puita ja autoja sekä omaa ja jonkun kaverin nimeä alaluokilla. Läksyn kuulustelussa kirjaa pidettiin auki joko suoraan pulpetilla tai pulpetin kannen suojassa. Keskikoulun viimeisellä luokalla hyvän numeron metsästys muuttui suoranaiseksi pelleilyksi, kun etupulpetissa istunut Dommiksi kutsuttu poika jakoi vastausvuoroja oman suosikkimenetelmänsä mukaan. Näkyvimmät lunttaajat eivät saaneet koskaan kahdeksikkoa parempaa numeroa, vaikka kertoivat läksyn kuinka monesti. Näennäisen sokea ja välinpitämätön opettaja ehkä oli, mutta ei tyhmä.

"Tässä on Välimeri. Kun minä vaimoni kanssa vuonna 1953 ajoin sen ympäri volkkarilla..." tuli tutuksi johdatukseksi uskonnon historiaan vuosien mittaan. Tauluun piirtyi epämääräinen pussukka, joka kuvasi koko Välimeren aluetta. Mielessäni näin tumman puvun ja villaliivit harmaassa kuplavolkkarissa viilettämässä kapeita hiekkaisia teitä jossain Välimeren pohjukassa aaseja väistellen. Pölyvana kieppui auton perässä ja takapenkillä oli yksikseen paksu musta raamattu keskellä penkkiä. Opettajan vaimosta en saanut mitään mielikuvaa, mutta ehkäpä hänkin oli olemassa ja istui etupenkillä opettajan vieressä karttaa lukien ja maisemia katsellen.

Bismarck

Historian opettaja oli Bismarck ilman piikkikypärää, harmaa rautakansleri, jonka jäätävän iloton, halveksiva katse ja kapeiden huulien paljastama irvistys mykistivät kokonaisen luokallisen poikia hetkessä. Tämä moitteeton mies istui opettajanpöydän takana ja moitti meitä siitä, että emme tienneet mitään työn tekemisestä. Bismarck nosti sormiaan, yksi, kaksi, kolme…, kun piti luetella jonkin vastauksen osia. Kun oikea määrä sormia oli noussut pystyyn, Bismarck sai kasvoilleen teeskennellyn riemun ilmeen: joku oli osannut! Me istuimme luokassa kuin kananpojat ja odotimme, milloin haukka taas rysähtää niskaan piikittelevine kysymyksineen, milloin on edessä julkinen nolaaminen jostain pikkuasiasta.

Monet menestyneet vanhemmat oppilaat erehtyivät pitämään Bismarckia pedagogin ja viisauden mallina syistä, joita en ymmärrä vieläkään. Mieshän oli kääpiö, turhautunut sodan ajan kapteeni, joka luuli itsestään liikoja ja vietti elämänsä poikakoulun rehtorina askeltaen koulun käytäviä ikävässä harmaassa puvussa kuolemanhiljainen pelko ja halveksunta perässään. Miksi meitä kiusattiin tällä miehellä, jonka opetus oli narinaa nykyajan rappiosta ja historian loistosta? Jonkun olisi pitänyt huitaista nopea lyönti Bismarckin leukaan, niin

että mies olisi asettunut oikealle paikalleen elämässä,
herännyt nykyaikaan historian aamuhämärästään.

Toinen voimistelunopettaja

Koulun toinen voimistelunopettaja oli vitsikäs hahmo. Yläluokkalaiset kutsuivat sitä kohteliaasti tenunenäksi tai ääliöksi. Jollain lailla se oli kuitenkin charmantti tyhjänpäiväisyys. Juoppo kyllä auttamatta: opettaja istui tuntien aikana vahtimestarin kopissa turisemassa tai läheisessä Mannalan baarissa kaljalasin kanssa. Tai niin ainakin väitettiin. Opettajan opettaminen rajoittui siihen, että se kävi avaamassa tunnin alussa jumppasalin oven ja antamassa pallot. Sitten sitä ei enää näkynyt kuin tunnin lopussa, kun se kävi keräämässä pallot pois ja lukitsemassa ovet. Mutta sille piti antaa pisteitä siitä, ettei se sotkeentunut asioihin, vaan antoi meidän päättää itse, mitä tehtiin. Ehkä se kuitenkin oli suurempaa kuin useimpien muiden voimistelunopettajien vouhotus ja niuhotus.

Jonnekin etelänmatkalle äijä kuoli, sydän petti. Toivottavasti lähtö oli yhtä nopea kuin koripallon putoaminen renkaan lävitse sukkaheitossa.

Uusi opettaja

Uusia opettajia ilmestyi kouluun välillä kuin tyhjästä. Tuli sijaisia, tuli vakituisia. Tulokkaat olivat enimmäkseen naisia, mutta joskus tuli joku mieskin. Jossain vaiheessa keskikoulua biologian ja maantiedon opettajaksi pesiytyi iso kovaääninen mies, lisenssi oikein. Se paukutti meille päähän ertzgebirget ja schwartzwaldit, kasvien lehtien soikiot, keikiöt ja puikiot.

Isolla miehellä oli yksi heikkous: kaksi pientä koiraa, terrierejä. Yksi jätkä alemmalta luokalta erotettiin melkein koulusta, kun se levitti huhua, että opettaja oli sekaantunut koiriinsa. No, älyttömyydelläkin piti olla rajansa, tajusihan sen. Torvi vitsi, selvä se. Kuinka iso mies niin pieniin koiriin voisi sekaantua? Tuollainen loukkasi jo opettajan ammattitaitoakin, olihan kyse sentään biologian lehtorista. Koira vieköön mokomat nulkit, jotka eivät kuuntele ja ajattele tunneilla, vaan ihastuvat liikaa omaan tyhmyyteensä.

Kuvaamataito

Kuvaamataitoa opetti punatukkainen nainen, jonka lempinimi oli Pommi. Nainen kävi tarkasti lävitse kuvaamataidon historiaa ja perspektiivioppia, pamautti välillä isolla viivoittimella pöydän laitaan, huusi "pojat" ja jatkoi sitten samanlaisella tappajan hymyllä kuin Elisabeth Rehn siitä mihin oli jäänyt.

Me kumarruimme pulpettiemme päälle kuvisluokassa, jota kiersivät kipsivalokset, julisteet ja värimallit. Yritimme pitää oikean otteen vesiväripensselistä - ehdottomasti ei saanut pitää kiinni alaosan metallista - ja sekoitimme paletista puuttuvan mustan värin käyttämällä kaikkia värinappeja. Sitten tuhrimme paperit kirjavilla maalauksillamme. Läheisiä taloja, viereistä puistoa, puita, katulamppuja. Toivotonta elävän mallin qroquis-piirustusta makulatuurivihkoon lyijykynällä, joskus kokeiluja isolle paperille hiilellä, vielä toivottomampaa tuherrusta. Pirunmoista sotkua suoraan sanoen!

Matematiikkaa

Keskikoulun toisella luokalla saimme nauttia lukuvuoden ajan loistavasta matematiikan opetuksesta. Pyöreän naisellinen ja lempeän taitava pedagogi Leena opetti meidät kaikki pyörryksiin. Jokaisen matematiikan arvosana kohosi silkasta opettajaan ihastumisesta yhden numeron, taitavasta opetuksesta toisen, joillakin innostuksesta aiheeseen vielä kolmannenkin numeron.

Minulle kävi siinä hullusti. Opin kyllä matematiikan paremmin kuin koskaan, ihastelin opettajaakin, mutta kaikesta jäi lopulta paha maku sen jälkeen, kun Lörvä, luokkakaveri, väitti jumppasalin pukuhuoneessa kaikkien kuullen minun sanoneen että panisin Leenaa joka yö, jos olisin sen aviomies. Hyvästi matematiikka! Hyvästi Leena! Ällöttävä juttu. Minäkö muka olisin sanonut sellaista, luoja varjele. Lörvä taisi kuvitella ja toivoa, olisi itse halunnut sanoa sen itsestään, mutta ei kehdannut ja pisti kaiken minun suuhuni. Minä en tuntenut jutusta itseäni.

Sen koommin matematiikasta ei voinut enää keskustella, varsinkin kun Leenan opetus loppui yhteen vuoteen ja lopun keskikoulua meitä opetti kuivakka kirjailijan vaimo, joka ei ymmärtänyt, jos sille vastasi että ymmärsi asiasta osan, mutta ei kaikkea. Voi kuulema vain ymmärtää kaiken tai ei mitään, välipysäkkejä ei ollut. Näkemiin, matematiikka, paluuta ei ollut.

Äidinkieltä

Äidinkieltä ehti koulussa opettaa kirjava joukko naisia. Niin, kaikki olivat poikkeuksetta naisia. Ensimmäinen naisista oli pelottavin. Rouva S. saattoi tulla luokkaan irvistys valmiiksi kasvoillaan, jotka olivat irvistämiseen luodut, kummallisen voimakaspiirteiset. Jos jokin asia ei tyydyttänyt rouva S:ää, tämä irvisti ensin, sanoi vasta sitten jotain.

Rouva S:llä oli tapana kutsua kotitehtäviä tarkastettaessa joku oppilaista vihkonsa kanssa luokan eteen. Jos paljastui, että kutsuttu ei ollut tehnyt tehtäviään, rouva S:n iva oli ankara. Erästä oppilasta hän kutsui tällaisessa tilanteessa "varsinaiseksi käyrätorveksi". Toinen sai irvistelyä sukunimestään: "Issukka tissukka."

Minun kauhuni rouva S:n tunneilla oli se, että meillä oli ylemmällä luokalla olevan veljeni kanssa yhteinen äidinkielen oppikirja, jota jouduttiin kuljettamaan luokasta toiseen joinakin päivinä. Odotin kauhusta kankeana, muistaako veli tuoda kirjan minulle ennen tunnin alkua. Joskus kirja jäi saamatta, minä en kehdannut mennä sitä hakemaan. Silloin ei auttanut kuin ilmoittaa kirjan puutteesta heti tunnin alussa, niin pääsi vähimmällä häpeällä. Jos kirjan puuttuminen olisi paljastunut kesken tunnin, olisi siitä seurannut nolaaminen.

Rouva S:n opetus loppui kaikeksi onneksi pariin vuoteen, sitten hän hävisi koko koulusta. Myöhemmin kuulin hänen olleen hoidossakin. Melkein 15 vuoden kuluttua näin yllättäen rouva S:n tutun neandertalilaisen profiilin Lohjan linja-autoaseman laiturilla bussia odottamassa. Olin itse jo menossa omassa bussissani, ja vaikka en olisi ollutkaan, en olisi mennyt tervehtimään.

Vuokko

Lukion toisella luokalla äidinkielenopettajaksi vaihtui vuoden ikävystyttävän tuttavuuden jälkeen Vuokko. Edellistä opettajaa oli kutsuttu jossain luokassa konttoristiksi tämän harmaavarpusen hahmon ja ikävystyttävän tyylin vuoksi. Vuokko puolestaan ilmoitti haluavansa itseään kutsuttavan Vuokoksi, ei opettajaksi. Olkoon siis Vuokko nytkin.

Vuokko käänsi koko opetuksen ylösalaisin. Ryhdyimme töihin: aloimme kirjoittaa säännöllisesti kirjaraportteja lukemistamme kirjoista, keskustelimme, väittelimme, kirjoitimme – teimme kaikkea muuta paitsi tankkasimme kielioppia.

Ainekirjoitusten jälkeen Vuokko jakoi sinisiä vahakopioita, joihin oli poimittu aineista korjattavia lauseita. Kerran Vuokko pyysi tiivistämään jonkin lauseen neljään sanaan. Minä pudottelin painokkaan hitaasti: "tämä lause on paskaa." Korjausehdotusta ei hyväksytty, mutta se herätti tyytyväisyyttä luokassa.

Ruotsin kieli

Lukioaikainen ruotsin kielen opettajamme kertoi usein seuraavaa vitsiä tunnilla. Suomalainen oli Ruotsin-laivan baarissa ja tilasi tarjoilijalta olutta koko illan sanomalla "två öl". Kun mieheltä kysyttiin syytä tähän, mies vastasi, ettei tiennyt, oliko sana "öl" en- vai ett-sukuinen. Mies joutui siksi käyttämään kiertotietä.

En tiedä, missä mielessä oppiaineensa merkitystä korostava – monen mielestä ylikorostava – ruotsinopettajamme vitsiä kertoi, mutta kuulimme tarinan monesti lukiovuosien ruotsin tunneilla. Tarinalle voi antaa monta tulkintaa. Ehkä opettaja kertoi juttua korostaakseen kieliopin osaamisen merkitystä ja käytännöllistä hyötyä laiskoille oppilailleen, jotka eivät aina tahtoneet ymmärtää kieliopin opetuksen mielekkyyttä ja merkitystä. Moni olisi varmaan valmis pysähtymään tähän tulkintaan. Luulen, että opettajamme oli kuitenkin ovelampi, ja näki jutun muut ulottuvuudet, joita me emme silloin ymmärtäneet. Tulkitsimme vitsin vain tyhmäksi ruotsinmaikan kielioppivitsiksi, joita tämä kertoi väsyttävyyteen asti. Mutta opettaja tiesi hyvin, että sekä kieli että ihminen ovat joustavia: kieli taipuu sen mukaan, mitä ihmisen mielikuvitus antaa myöten. Viesti kulkee monin tavoin.

Ruotsi-Suomi-kamppailua korostavan tulkinnan vitsille saa siitä, että vitsi kuvitellaan alkujaan ruotsalaisten suomalaisista kertomaksi. Tarinaan liittyy nyt ruotsalaisten naurua suomalaisten huonolle kielitaidolle sekä innolle juoda paljon viinaa. Koko illan olutta kittaava suomalainen, joka ei osaa puhua kieltä sen vertaa, että saisi tilatuksi yhden oluen kerrallaan, on hyvä vitsin aihe. Viisas ruotsinopettaja halusi ehkä pelastaa meidät tältä kohtalolta siinä todennäköisimmässä tilanteessa, jossa tulisimme ruotsia joskus koulunjälkeisessä elämässä käyttämään.

Veistoa

Veisto oli ollut jo kansakoulussa toivotonta puuhaa. Kansakoulun veistonopettaja juoksutti oppilaita ostamaan itselleen munkkeja ja Viri-maitokaakaota ja rähjäsi sitten kaakaontippa ja sokerinmuruset suupielessään vinoista sahauksista tai liiasta höyläämisestä.

Oppikoulun kalju veistonopettaja, Erkkilä tai jotain, kulki ruskeassa työtakissaan tunneilla veistoluokassa, silloin kun sattui poistumaan kopperostaan pöytänsä äärestä.

Minä tein kirveenvarren veistossa viiteen kertaan, ennen kuin työ kelpasi. Koivupölkyn kylkeen piirrettyä varren hahmoa kirveellä nyrhiessä meni jossain vaiheessa aina liikaa puuta, iskin lyijykynäviivan väärälle puolelle. Sitten mentiinkin hakemaan pannuhuoneesta uutta pölkkyä veistettäväksi.

Kun viimein viidennellä kerralla sain kirveenvarren jotenkin mallilleen, hioin ja vernissasin sen lopuksi huolellisesti. Varsi makasi vuosikausia kotona vaatekaapin hyllyllä ja katosi sitten tietymättömiin, koskaan kirveenterää yhyttämättä. Taisi lentää lopulta uuniin sekin varsi. Ehkä se paloi tavallista

paremmin kaiken siihen tiivistyneen turhan työn
voimasta.

Antropologi Nokialla

Koska hermostolla on kyky painaa mieleen ja muistaa, toisin sanoen oppia, se pystyy tunnistamaan mikä soveltuu viettien ilmaisuun ja mikä ei, ottaen huomioon sosiaalisen rakenteen asettaman koodin, joka palkitsee hermostoa, sen suoritusten mukaan, etenemisellä hierarkiassa. (Henri Laborit, Ylistän pakenemista, WSOY 1986. Suomentanut Anto Leikola).

Vuoden 1997 alkupuolella siirryin taloudellisen nousun kantoaallolla töihin valtiolta yritysmaailmaan. Hain ja pääsin Suurelle Suomalaiselle, Soopeli Telecommunicationsiin. Jo hakuvaihe antoi kuvan jättiläisestä: kaikki tapahtui hitaasti, asiat toistettiin. Yrityksen kielellä haluttiin varmistaa molemminpuolinen yhteensopivuus, välttää virherekrytoinnit. Niitäkin kai tapahtui kaikesta huolimatta. Noin kolmikuukautisen prosessin jälkeen allekirjoitin työsopimuksen.

Ensimmäisellä viikolla Soopelissa sain itselleni kuvallisen henkilökortin. Ilmeeni kuvassa oli ylvään arka, pää hiukan takakenossa kallellaan, ikään kuin koko ensi viikon tunnelmaa tiivistämässä: pysykää kauempana, mitä tämä pelleily oikein on.

Kuvalliset henkilökortit olivat Soopelissa kuulemma sitä varten, että opitaan tuntemaan ihmiset. Tyhmä voisi kysyä, että mennäänkö pieniä kuvia ja pientä tekstiä tosiaan tihrustamaan alle metrin päähän, ylitetään normaali inhimillinen tilareviiri. Eivätkö ihmiset osaa esittäytyä, sanoa nimeään? Ei: oleellista oli kai nähdä kylteistä kenen reviirille kukin koneistossa kuului.

Kaikki eivät suostuneet käveleviksi kylteiksi. Monet kantoivat kylttejään, mutta yhtä monet pitivät ne piilossa: pöytälaatikoissa, pöydällä, taskussa, näkymättömissä. Siellä se silti hiersi, oli todistusaineistoa osallisuudesta epäinhimillistämisen prosessiin. Kuva, henkilönumero, magneettijuova, piisiru, ihmisten paririviin ja käskynalaiseksi asettamisen nykyaikaiset keinot. Samalla tottelemisen logiikalla ihmiset laitetaan seinää vasten tai kuopan reunalle ammuttaviksikin.

Soopelilla kulkukortti ei poikkeuksellisesti mitannut ja arkistoinut työaikaa niin kuin yleensä, kulkulaskurin saldo nollautui päivittäin. Illalla pois lähtiessä näki kyllä päivän lukemansa miinuksina tai plussina valvontalaitteen näytöltä. Talossa liikkuvan henkilöstöopastuksen yleisen Soopeli-legendan mukaan korttia käytettiin kulunvalvontalaitteessa siksi että tiedettiin, oliko ihminen ylipäänsä talossa vai ei. Puhelinkeskus näki tietokoneelta ihmisen läsnä- tai poissaolon. Työaikaa ei tarkkailla, kertoi legenda. Itse lakkasin pian osittain käyttämästä korttia. Ulosmenoja en viitsinyt leimata ollenkaan, sisään tulin lyöneeksi itseni yleensä aamuisin. Olin olemassa jossain, kun olin kirjannut sisääntuloni.

Mutta oli kortille käyttöäkin - Soopelin teollisuusruokalassa ruoan voi maksaa kulkukortilla, jolloin ruokailun hinta väheni suoraan palkasta. Ghettoelämää parhaimmillaan - oltiin teollisuusalueella, jossa ei muutenkaan ollut mitään käyttöä rahalle, miksei siis käytettäisi talon omia soopelinnahkoja ulkopuolisen maailman hankalien vaihdon välineiden sijasta. Perustetaan oma sisäinen talous, oma valta ja mahti.

Soopelissa kaikki kysyivät tulokkaalta, tuliko tämä talon sisältä vai ulkopuolelta. Oleellinen asia ilmeisesti, mutta en koskaan ymmärtänyt miksi. Jonkinlainen koodikysely sille, mitä toinen tiesi, mitä tämän voi olettaa olevan. Uudelle kasvolle haettiin paikkaa nokkimisjärjestyksessä taustoja kyselemällä. Toista kuukautta töissä oltuani joku kysyi minulta, mistä konsulttifirmasta olin. Vastasin olevani Soopeli Telecommunications -nimisestä konsulttifirmasta. Se ei edes huvittanut ketään, erehdystä ei kai pidetty mitenkään erikoisena. Oma ja konsulttien väki olivat yhtä vaihtuvaa.

Teollisuusalueen entisessä pienteollisuushallissa tietokoneet odottivat pilttuissa käyttäjiään, hyvät koneet, hyvät työpisteet, kieltämättä, samalla metrinmitalla kaikille mitatut. Tekijät tulivat ja menivät pilttuissa. Työntekijät saivat vaikuttaa pilttuuseensa hiukan, työtuolinsa ja muita pieniä yksityiskohtia voi valita mieltymyksensä mukaan. Pieni asia, mutta yllättävän harva yhtiö on sitä tajunnut tai harvalla oli siihen varaa niin kuin suurella suomalaisella. Jos standardituoli ei miellyttänyt, sai haluamansa tilata sihteerin kautta eikä tilaus kaivannut perusteluja tai selittelyitä. Muualla sai yleensä tapella paremman työtuolin vuoksi, perusteluksi ei tuntunut riittävän edes silkka fyysinen mittavuus. Kaikille piti kelpaamaan sama tuolimalli, olipa sitten mittaa 150 senttiä sulka päässä tai yli 190 senttiä kumartuneena.

Osaston päälliköt, osastopäällikkö ja Iso Pomo, Soopelin kielellä "tuoteprosessin omistaja", olivat Soopelilla maastoutuneet keskelle pilttuuaavikkoa samanlaisiin koloihin. Heidät löysi nopeasti, jos tuli asiaa. Ei tarvinnut kolistella suljetun oven takana, työnsi vain päänsä pilttuun laidan ylitse ja avasi keskustelun. Siihen Soopelilla rohkaistiin ainakin teoriassa.

Muuten avokonttorin sulkeutuneisuus oli silti yhtä tiukka kuin missä tahansa muualla; tieto kulki yhtä huonosti kuin aina, kierteli omissa putkistoissaan. Monesti kehuttu verkosto- tai matriisiorganisaatio ja tietämättömyys yhtenivät kummasti. Ei kuulu minulle, kysy siltä ja siltä. Kun kysyit siltä, ei sekään tiennyt ja lopulta joku ketjussa ehdotti, että kysyt joltakulta niistä, jotka sinut tämän viimeisen tietämättömyyden lähteille olivat alun perin neuvoneet. Tietoa et sillä kertaa löytänyt, mutta saitpa ilmaisen kierroksen matriisiorganisaation karusellissa.

Hallin äänet kuuluivat avokonttorissa selvästi. Köyhän miehen väliseinä maisemakonttorin hälyille oli moderni: vankiloissa käytetyn matkaradion sijasta laitettiin soimaan cd-levy tietokoneeseen ja kuulokkeet päähän. Mielimusiikki nosti mielialaa hyvin kesken väsymyksen, sääteli tuntoja ja piristi. Kauaa musiikkia ei silti jaksanut kuunnella, olo kävi liian ilmassa leijuvaksi, liian etäiseksi. Vaikka en jaksanut kuunnella musiikkia pitkään, pidin koko Soopelissa oloajan pilttuuni seinällä valokopiota Vladimir Vysotskin levynkannesta. Kuvassa aito jätkä katsoi sätkä hampaissa vastaan, tuijotti minut hereille hierarkkisesta unesta.

Moderneissa toimisto- ja työtiloissa puitteet alkavat olla upeampia kuin siellä tehtävä työ tai työtä tekevät ihmiset. Kahden tähden ihmisiä viiden tähden hotellissa, niin sanoakseni. Kulisseja, poseerausta, vaikutusvaltabluffia, mielikuvia. Liian vähän todellisuutta, liian vähän totuutta. Esimerkiksi kokoushuoneet oli nimetty osastolla lennokkaasti: Kongo, Amazon, Tigris, Red, Green, Blue. Tavallisia asiallisia kokoushuoneita komeilla nimillä, ja joksikinhan niitä on sanottava, asioilla on hyvä olla nimi puhumisen helpottamiseksi, ettei mene kintaalla viittaamiseksi, kun yrität kertoa asiasta. Värihuoneiden istuinten päällystys oli huoneiden nimen mukainen. Maantieteellisissä kokoushuoneissa ei ollut jälkeäkään nimen tuomista mielteistä.

Soopelin koulutuskeskuksessa mahtailtiin nimillä: Suuria Suomalaisia nimiä, kansallissankareita 1900-luvun alusta alkaen. Ne tavanomaiset, Sibelius, Leino, Wirkkala. Kansainvälisesti oli menty antiikkiin: Olympia, Zeus, Artemis. Ainakin yhden kotimaisen sankarin nimi oli kirjoitettu väärin. Kukaan ei ollut muistanut tarkistaa epäsuomalaisen nimen kirjoitusta, ei ollut välitetty pikkuseikasta, kun yrityksen standarditoimintaperiaate ei ollut sitä edellyttänyt. Oli unohtunut kai kirjata ohjeisiin.

Connecting people, separating families

Kännykkä toimi Soopelissa siihen aikaan - oltiin vasta vuodessa 1997 - vielä arvon merkkinä. Soopeli Telecommunicationsin perehdytysoppaan mukaan "työntekijälle voidaan määrätä kannettava puhelin", mikä näin muotoiltuna kuulostaa lähinnä huvittavalta. Työntekijäthän kilpailivat kännyköistä ja sen osoittamasta asemasta hierarkiassa. Ilman kännykkää (sana, jonka Soopeli Oy kuvitteli joskus 1980-luvulla voivansa rekisteröidä ja rajata omaan käyttöönsä) olet kuollut, et ole saavuttanut merkittävää sijaa dominanssihierarkiassa. Vitsikkäästi projektinvetäjät jakoivat loppuun saatettujen pienten projektien jälkeen projektiin osallistuneille yritysrihkamaa: enimmäkseen yrityksen kännykkäavaimenperiä, joita sai myös ostaa Soopelin omasta matkamuistomyymälästä, jos sattui olemaan liikkeellä siellä päin, Espoossa.

Ihmiset kulkivat Soopelissa vuona 1997 kännykkä vyöllä kuin maalaiset tai häjyt ennen puukkonsa kanssa. Löpisivät kävellessään jotain, tekivät vaikkapa "bisnispäätöksiä" niissä kapeissa rajoissa, jotka hierarkia heille antoi. "Lopulliset bisnispäätökset" tehtiin jossain näiden kännykkään höpöttäjien päiden yläpuolella, kaukana poissa. Sieltä tehdyt päätökset valuivat alas dominanssin käskyputkistoja pitkin, tavoittivat lattian ja alkoivat toteutua muurahaislauman tekoina.

Meet-you, no-things

Palaverit - *meetings* - olivat Soopelilla kiitettävän lyhyitä ja epämuodollisia, mutta niitä riitti; projektit riensivät kokoontumaan ja kertomaan tekemisistään, jauhamaan tilanteesta. Työn tekemisen into ei Soopelilla ollut sen kummempaa kuin yleensäkään. Normaalia kyräilyä ja oman tekemättömyyden peittelemistä, töiden sysimistä toisille omiin kiireisiin vedoten.

Kahden ensimmäisen työviikkoni saldoon kuului kaksi palaveria ja yksi sisäinen koulutus. Ensimmäisessä näkemässäni projektikatselmuksessa projektisuunnitelman tekijä itki, kun sai reippaasti korjauksia ehdotukseensa ja ehdotus laitettiin pöydälle, uusittavaksi. Suunnitelmassa ei niinkään ollut vikaa, mutta kahden samasta hierarkkisesta tontista kilpailevan naisen toisiaan kohtaan tuntema vastenmielisyys ja kilpailu laukaisivat tilanteen.

Sisäisten palavereiden jälkeen heitettiin minikoripalloa ryhmähengen luomiseksi. Tapaa ei ollut varastettu Yhdysvalloista vaan yhdysvaltalaisesta televisiosarjasta, virtuaalimaailmasta, jonka ajateltiin kuvaavan Yhdysvaltain yritysmaailmaa. Pallonheiton tulokset kirjattiin seinälle isolle paperille. Eläköön minikoripallon muotoinen tiimihenki!

Hengennostatukseen osallistui myös osastopäällikkö, mutta tuskin enää hänen päällikkönsä, "tuoteprosessin omistaja". Tuoteprosessi ei ole pallon muotoinen, se on ISO9000-standardin mukainen laatikko.

Osaston sisäistä sähköpostia käytiin osin englanniksi, kokousten pöytäkirjat - *minutes* - pidettiin myös englanniksi, vaikka läsnäolijat olisivat olleet täysin suomenkielisiä. Kaikki projekteissa syntyvä teksti arkistoitiin projektikohtaisesti. Kukaan tuskin luki jälkikäteen muistiinpanoja tai keskusteluja, mutta kaikki tallentui palvelimien varmistusnauhoille moneen kertaan.

Tiimit tiivistyivät Soopelilla parhaiten yhteiseen syömiseen kuin pyhälle ehtoolliselle kieltämättä hyvin toimivaan teollisuusruokalaan. Ruokalan seinillä oli taidetta, keskitien ei ketään hätkähdyttävää koristeornamenttia, mutta silti kelvollisen hyvää. Luotiin miellyttävä ilmapiiri arvostetuille ja rakkaille dominanssihierarkian muurahaisille, että nämä jaksaisivat puskea, ahertaa ja edetä muurahaiskeossaan sekä tuottaa Soopelille lisäarvoa. Ilman lisäarvon tuottamista tai uuden oppimista jokainen Soopelilla vietetty päivä olisi talon sisäisen perehdytysoppaan mukaan "hukkaan heitetty", kuin minikoripallo, joka menee ohi korin ja läiskähtää levyyn.

Soopelin usein ylistettyä tehokkuutta voisi verrata japanilaiseen systeemiin: kahvihuoneissa pyöritään taajaan, neuvotteluhuoneet ovat tiiviisti käytössä. Mutta entä Tehokkuus? Pitkää päivää kyllä voidaan tehdä, mutta käytetäänkö aika tehokkaasti, en tiedä. Ilmassa on paljon näennäistouhua, puuhastelua, pöyhistelyä. Sosiaalista verkon- ja siimanlaskua, mutta tarttuuko kala näihin, on vaikea sanoa.

Arbeit macht frei

Natsien keskitysleirien sisäänmenoporttien yläpuolisia tekstejä on lainattu loputtomiin: "Arbeit macht frei" tai "Jenem das Seine", leiristä riippuen. Stalinin gulagien portteihin kirjoitettu teksti ei kuulu samalla lailla kansanperinteeseen, vaikka siellä toimittiin samassa mielipuolisessa mittakaavassa ja teksti on ollut yhtä järjetön: "Työ on kunnian, maineen, uljuuden ja sankaruuden asia". Tämän kertoo Varlam Shalamov Kolyman kertomuksissaan useaan kertaan.

Iskulauseet leirien porttien yläpuolella olivat arvojulistuksia, vaikka niissä julki lausutut arvot eivät tahdo kestää tarkastelua. 1990-luvulla suomalaiset yritykset alkoivat julkistaa omia arvojaan. Osaa arvoista esiteltiin kaikelle kansalle lehdissä, vuosikertomuksissa ja verkkosivuilla. Osa piilotettiin henkilökunnalle jaettaviin henkilöstöoppaisiin, kirjasiin, joiden kanteen oli kuvattu iloisia ja nauravia ihmisiä, tosin ei kuitenkaan yleensä työnsä ääressä. Yritysten toimitalojen pääsisäänkäyntien yläpuolelle ei kirjattu muuta kuin yrityksen nimi, arvojen julistamista sisäänkäynnin yllä ei katsottu tarpeelliseksi.

Soopeli Telecommunications oli vuonna 1997 hyvässä seurassa, kun se julisti yhdeksi neljästä arvostaan "jatkuvan oppimisen", joka ehkä kuitenkin pitäisi lukea "jatkuva oppimattomuus" tai "loputon tyhmyys". Jatkuvaan oppimiseen kuului henkilöstöoppaan mukaan "luovuus ja rohkeus", "henkisen kasvun tukeminen ja epäonnistumisten salliminen", "itsetyytyväisyyden karttaminen" sekä "avoin ja nöyrä mieli". Mikäpä siinä, jos kohta arvojen selittäminen oli oppaassa katekismusmaista alkeisoppia, noloa yksinkertaistamista. Luovuus? Mitä se mahtoi merkitä Soopelilla? Pakenemista dominanssihierarkioista, niin kuin Henri Laborit ilmaisi asian? Ei sentään. Organisaation tarvitsemalla, haluamalla ja määrittelemällä luovuudella lunastit paikkasi dominanssihierarkiassa, ei sen enempää tai vähempää. Luovuus oli Soopelille silmälapuissaan juoksevan ravurin suoritus, jossa ei vilkuiltu sivuille, vaan kipaistiin mahdollisimman suoraa reittiä lisäarvon tuottamisen maaliin.

Mutta entäpä oikeat arvot? Totuus, oikeus, tasa-arvo? Kauneus? Oliko niitä? Ei nyt sentään: arvo merkitsi yrityksissä aina viime kädessä markan arvoa, sen ymmärsi jokainen.

Arvojen kansakoulutason selostaminen oli oppaissa oma lajinsa, arvoja selitettiin välillä kuin vähäjärkisille. Täydellisiä sammakoita ei oppaista tarvitse pitkään hakea. Soopeli Telecommunicationsin neljännen arvon - jatkuva oppiminen - viimeinen virke siirsi Soopeli Telecommunicationsin leirien seuraan: "Jokainen päivä, jona emme opi uutta tai tee jotain lisäarvoa tuottavaa on Soopelin kannalta hukkaan heitetty". Puhuiko tässä Joseph Goebbels, Josef Stalin vai Soopelin nimetön arvotiimi?

Koska vakaa ja kiistaton dominanssi on onneksi harvinaisuus, huomaatte että pysyäksenne normaalina ette voi muuta kuin paeta kauas hierarkkisista kilpailuista. (Henri Laborit)

Tympäännyin Soopeliin kuudessa viikossa. Päätin työskennellä koeajan loppuun ja lähteä sitten. Kun olin kevättalvella tehnyt päätöksen poistua Soopelilta, kuljin raivokkain askelin kylmän keväistä Vihdintien vartta bussipysäkille ja hoin mielessäni keksittyä idiotismia: "Benito, finito, orjuuden loppu." Aivot ovat toiminnan elin, eivät ajattelun, kuten Laborit meitä muistuttaa. Ratkaisut tehdään päässä, mutta niistä on syytä seurata toimintaa, muuten käy huonosti.

Silmä ja esineet

"Ihminen joutuu taiteeseen vähän samaan tapaan kuin hän syntyessään joutuu maailmaan. Kaikki on hänelle siitä lähin taidetta, Krylovin heinäsirkan tapaan hän löytää kodin jokaisen pikku lehden alta. Sanotaan: "Hänellä on silmää" (koska hän on taiteilija). Ja mille hänellä on silmää? Vain yhdelle asialle: että kaikki on taidetta täynnä."

(Abram Tertz, Kuorosta kohoaa ääni s. 26. Kustantaja Arvi A. Karisto Oy. Suomentanut Maritta Pesonen).

Kerrottakoon alkuun yksi tarina, edelleen suulla suuremmalla. Kertomuksessaan "The Bey", joka sisältyy kuolemanjälkeiseen kokoelmaan "What am I doing here", Bruce Chatwin käsittelee samaa asiaa kuin Abram Tertz lainauksessa, kertoo "silmästä taiteelle". Työskennellessään Sothebylla Chatwin tutustui Albanian entisen kuninkaan Lekan ylikamariherraan Paul Beihin, joka pyysi Chatwinia esittelemään itselleen jotain kaunista kreikkalaista esineistöä. Chatwin teki työtä käskettyä ja ihastunut Bei totesi Chatwinilla olevan "silmää". Herrat ystävystyivät, ja parin kolmen vuoden ajan Bei myi Chatwinin kautta antiikkiaan erikoislaatuisella järjestelyllä: Bei toi tavarat yksityisesti Chatwinille, tämä arvioitutti ne antiikkikauppiastutuillaan ja maksoi sitten Bein pyynnön mukaan tämän vierailujen hotellilaskuja, auton korjauksia, räätälinlaskuja. Raha ei siis siirtynyt esineistä kädestä toiseen, vaan kyse oli epäsuoremmista kaupoista, vaihdosta, jossa toinen pesi toisen paidan ja sai vastineeksi selän rapsutusta. Koko tuttavuus perustui sille, että Bei koki Chatwinin omaavan silmää taiteelle, katsoi siis voivansa luottaa tähän asianharrastajien kesken. Mukana oli myös itämaista oveluutta kaupankäynnissä: lopullisista kaupan ehdoista tingittiin. Jos Bei pyysi Chatwinia maksamaan hotellilaskunsa, piti Bein lähtöpäivästä neuvotella sekä sopia, että huoneesta ei enää soitettaisi kaukopuheluita. Kompromissiin päästiin aina, ja tavarat vaihtoivat omistajaa Chatwinin käsien kautta.

Jokainen taiteen kanssa tekemisissä oleva haluaa varmaan ajatella, että hänellä "on silmää". Ehkä on, ehkä ei, mutta tunnetusti silmät sekä niiden takaiset mielet ovat kovin erilaisia. Toinen näkee kauneutta siellä, missä toinen näkee vain rojua ja roskaa, kolmas taas näkee jotain muuta. Yksimielisyyttä syntyy perin harvoin. Esimerkiksi Adolf Hitler -nimiselle maalarille, joka tuli myös tunnetuksi poliitikkona ja kansankiihottajana, ei kelvannut oman aikansa modernistinen taide, hän tuomitsi sen rappiotaiteena. Sama ilmiö näkyy vähemmän korostetusti kaikissa koulukuntien välisissä kiistoissa. Vähempi korostuminen johtuu todennäköisesti vain siitä, että taiteellisilla koulukunnilla ei ole poliittista valtaa, jota Hitlerillä sattui olemaan. Muuten roviot savuaisivat sankkoina koko ajan.

"Swiftin keksintö, eräs taiteen perusprinsiippi, oli se, ettei maailmassa ole yhtään tavallista esinettä, niin kauan kuin on taiteilijoita jotka tuijottavat kaikkea kuin täysin älyttömät pölkkypäät. "Sehän on selvää, johan me tuon tiedämme", kuuluu ääniä ympäriltä. "Saksethan siinä ovat! Lakkaa jo lässyttämästä!" - mutta taiteilija ei tajua mitään eikä hänen kuulukaan tajuta. Hän ei tunne sellaista käsitettä kuin "sakset". Hän peräytyy pari askelta, kummastelee yhä ja alkaa kuvata niitä kuin mitäkin arvoitusta: kaksi kärkeä, kaksi rinkulaa ja keskellä ruuvi. Ymmärtämisen, vastauksen sijasta hän tarjoilee kuvaa. Se on arvoituksellista." (Abram Tertz, Kuorosta kohoaa ääni, s. 38)

Oma törmäämiseni esineisiin alkoi joskus 1990-luvun alussa. Alku oli romanttinen: kasailin tavaraa mummoni kotitalon nurkista ja tein niistä ensimmäisiä yritelmiäni. Yksi ensimmäisistä töistäni oli isoisävainajalle tekemäni vaakuna, jonka aineksina olivat rikki menneen puisen työtuolin kansi, sirkkelin terä, pala verkko ja muutama haulikonhylsy. Työstä on säilynyt onnistunut valokuva, joka on paljon parempi kuin itse työ oli luonnossa. Vaakunan elementit olivat suoraan kohteensa elämästä:

isoisä oli metsäteknikko, joka elätti itsensä puutavarakaupalla. Vapaa-aikana metsästys ja kalastus olivat olleet hänelle tärkeitä.

Muutaman vuoden tauon jälkeen siirryin romanttisesta maalaisromusta käyttämään jokseenkin mitä tahansa tavaraa, joka jotenkin puhutteli minua. Alkuun pelkäsin hyppäystä, kuvittelin olevani niin kiinni nostalgisessa maalaistavarassa, että en osaisi tehdä mitään muuta. Olin tehnyt maalaisesineistä kuitenkin vain kolme, neljä teosta, eikä siirroksessa ollut mitään ongelmia. Tein töitä kesäisin asuntoni parvekkeella, kun oli riittävän lämmintä maalata ja kokeilla kappaleita ulkosalla. Tekeminen onnistui parhaiten kesälomalla: romuttamot olivat auki vain viitenä päivänä viikossa, niihin ei ehtinyt virka-ajan jälkeen, eikä arkisen aherruksen jälkeinen hengen turtuneisuus ollut muutenkaan erityisen otollinen irrottamaan mieltä ja silmiä havaitsemaan esineiden yhdistelymahdollisuuksia. Käytin parin kesän lomat melko visusti romun kanssa ahertamiseen. Ensimmäisenä kesänä, jolloin aloin romuja tehdä, romut itse asiassa pitivät minut jotenkin pinnalla: olimme eronneet vaimoni kanssa sinä keväänä. Kesä oli muuten synkkä ja masentava, mutta romujen kanssa ahertaminen toi siihen ryhtiä ja hahmoa. Sinä kesänä syntyi jonkin verran töitä, vaikka edellytykset eivät olleet kovin hyvät.

Esineiden löytäminen on oman laistaan. Siinä on Tertz-sitaatin mukaista älytöntä hämmästelyä, mutta toisaalta se on äärimmäisen valikoivaa. Tavaraa voi olla kukkurapäin tarjolla, mutta vain hyvin harva esine erottuu massasta siten, että tulee "tuosta syntyy jotain" -tunne. Ja sekin mikä erottuu, erottuu kuta kuinkin käsittämättömistä syistä. Jostain vain tietää, että silmään sattuvasta esineestä voisi jotain syntyä, kun taas 99,9 % tarjolla olevista esineistä on sellaista, että niihin ei syty mitenkään, niihin on turha kiinnittää huomiota hetkeä enempää. Sitä kuljeksii kuin hölmöläinen romujen keskellä ja katselee, katselee, katselee. Sitten kun silmä tarttuu johonkin, tarttumiselle ei ole selitystä. Esine vain puhuttelee jotenkin, sen tietää asettuvan johonkin, kunhan sen ottaa talteen ja antaa ajan kulua. Kun silmä on kerran tarttunut kiinni johonkin esineeseen, on se otettava käteen, käänneltävä ja pyöriteltävä esinettä, tarkistettava silmän valinta. Harvoin silmä kuitenkaan erehtyy: se mikä kelpaa silmälle ensi kohtaamisella, läpäisee yleensä myös lähemmän tarkastelun. Kun esine puhuttelee jollain käsittämättömällä lailla, on selvää, että siinä on jotain, vaikka ei osaakaan sanoa, mitä se on tai mitä esineestä syntyy.

Romuttamoilla asioinnissa on oma viehätyksensä. Kauppaa käydään siellä kuin basaareissa, hinnat elävät. Osalla tavarasta on määritelty romun kilohinta, mutta monesti hinta lentää myyjän päähän suoraan ilmasta päivän ja tilanteen mukaisesti.

Kun aloitin romuttamolla käynnit, yksi varhaisista kokemuksistani oli sekä opettavainen että huvittava. Olin kerännyt eräällä Tattarisuon romuttamolla kasaan laatikollisen putkenmutkia ja menin innostuneen näköisenä kysymään niiden hintaa. Romuliikkeen pitäjä otti vakavan ilmeen, tarttui laatikossa rautalangalla nipussa oleviin putkenmutkiin ja sanoi myyneensä niitä vitosella kappale. Sen jälkeen hän alkoi laskea, montako nipullista laatikossa oli, kertoi nippujen määrän päässään yhden nipun putkenmutkilla ja ilmoitti laatikollisen maksavan siinä seitsemänsataa markkaa. Mutta hän voisi kyllä myydä sen viidelläsadalla.

Minä totesin, että olin ajatellut vähän vähempää. Myyjä kysyi, mitä olin ajatellut. Sanoin, että viisikymppiä olisi mielestäni sopiva hinta. Myyjä katsoi minua kuin tyhmää ja ilmoitti, ettei myy. En korottanut tarjoustani, vaan kannoin tavaran takaisin kasaan ja lähdin.

Sen jälkeen muistin aina kysyä tavaran hintaa ennen kuin osoitin siihen mitään kiinnostusta. Vasta jos hinta oli sopivan tuntuinen, ilmaisin ostohalukkuuteni. Hitaasti aloin saavuttaa arvostusta asiakkaana, ja hinnat alkoivat pysyä järkevinä.

Eräällä toisella romuttamolla en päässyt koskaan asioinnin alkua pitemmälle. Romuttamolla on kaksi puolta, joita erottaa välissä menevä tie. Ensi kertaa asioidessani menin tien takana olevalle alueelle, jossa ei ollut ketään. Tavara oli suurikokoista, traktorilla liikuteltavaa. Kun tulin alueelta ja aioin mennä sille puolelle, jossa myyjäkin oli, heti portilla oli vastassa mies, joka kysyi, mitä etsin. Kun sanoin "katselevani, mitä löytyisi", mies totesi ärtyneenä, että piti tietää mitä halusi, tänne ei tarvinnut tulla katselemaan. Käännyin kannoillani ja lähdin. En yrittänyt romuttamolle vuosiin, mutta kun monen vuoden perästä päätin käydä uudestaan katsomassa, täysin sama kuvio toistui.

Suunnat sekaisin

Lukioaikainen historian opettajani, harmaa rautakansleri herra Palonen, jaotteli meidät luokassa istuvat oppilaat kolmeen ryhmään: oikeistoon, keskustaan ja vasemmistoon. Perustelu ryhmittelylle oli yksinkertainen - oikeistoa olivat kateederilta katsottuna luokan oikeassa laidassa istuvat, keskustaa keskellä istuvat ja vasemmistoa vasemman laidan pulpeteissa istujat. Merkille pantavaa jaottelussa oli se, että se tapahtui nimenomaan kateederin suunnasta katsottuna, ei esimerkiksi luokan perä kiintopisteenä, jolloin oikeisto ja vasemmisto olisivat vaihtaneet paikkaa. Palosella oli jaottelunsa kanssa usein hauskaa, hän saattoi esittää nopeita revolverikysymyksiä jostain aiheesta ja kysyä ensin vaikkapa keskustan mielipidettä. Jos kukaan keskustassa ei osannut vastata, etsittiin vastausta oikeistosta tai vasemmistosta. Käytetyistä nimityksistä huolimatta Palosen luokittelu oli reilu, siihen ei liittynyt arvovärityksiä tai poliittista sisältöä, enemmän se tuntui vitsailevan näiden politiikkaan kiinteästi liittyvien jaotteluiden kanssa. On mahdollista, että Palonen yritti osoittaa meille vaivihkaa, miten suhteellisia tällaiset piintyneet nimitykset olivat.

Suuntaa tai sijaintia tilassa ilmaisevat käsitteet ovat yleisesti mielenkiintoisia, koska ne keräävät ympärilleen vertauskuvallisuutta. Suhdekäsitteistä, jotka ilmaisevat asioiden maantieteellistä sijaintia tai asemaa tilassa, kasvaa kielenkäytössä usein metaforia, jotka pyrkivät hallitsemaan käsityksiämme jostain asiasta. Kieli liikkuu tällöin tilan ja suunnan käsitteiden varassa kuin hullu kompassineula, joka ei tiedä, mihin kohtaan asettuisi ja mitä osoittaisi ja huitoo siksi jotain sinne päin kuin magneettisella häiriöalueella.

Oikea ja vasen ovat suunnista inhimillisimpiä, niillä on vahva perusta ihmisruumiin symmetriassa ja epäsymmetriassa. Oikeakätiset ovat ihmiskunnan enemmistö, mutta vasenkätiset ovat yrittäneet nostaa statustaan väittämällä poikkeuksellisen lahjakkuuden liittyvän usein vasenkätisyyteen. Ihmisten oikea ja vasen vartalonpuoli ovat erilaiset, samoin kasvojen eri puolet. Vasemmassa aivopuoliskossa asustavat kuulemma äly ja loogisuus, oikeassa tunne ja taiteellinen lahjakkuus.

Suhtautumisemme oikeaan ja vasempaan on talletettu myös sanontoihin ja tapoihin. Vasemmalla kädellä tekeminen on huitaisemista ja hosumista, miten kuten tekemistä, oikealla kädellä tervehditään muodollisesti ja vannotaan valoja käsi raamatulla. Lieneekö sattumaa, että arabimaissa vasenta kättä käytetään vessassa siistiytymiseen ja vasemman käden tarjoaminen muuhun sosiaaliseen käyttöön on syvä häpäisy?

Hegelin jälkeen oikealla on ollut poliittinen oikeisto, konservatiivit eli kaiken ennallaan säilyttäjät, kun taas vasemmalla on vasemmisto, kaiken muuttajat ja uhkaajat. Vasen on siis vähitellen liu'utettu merkitsemään uhkaa ja vaaraa, oikeaa on hellitelty turvan tuojana.

Lähes maailmanstandardiksi on muodostunut oikeanpuoleinen liikenne - siitä poiketaan vain muutenkin kummallisina pidetyissä maissa kuten Isossa-Britanniassa ja Japanissa. Tokihan autoliikenteen, modernin elämän arkisen sankaruuden muodon, tulee soljua oikealla kaistalla.

Itä ja länsi ovat maantieteellisinä käsitteinä kylmiä viittoja, jotka osoittavat tiettyyn ilmansuuntaan. Mutta vertauskuviksi muuttuneina niiden sisältö on muuta. Kaukaiseen itään olemme tottuneet liittämään mystiikkaa, salaperäisyyttä ja epärationaalisuutta jos kohta myös salaperäistä viisautta, joka ei aukene helposti meille länsimaalaisille. Lännessä vallitsevat tiettävästi järki ja selkeys, demokratia ja tasa-arvo. Nyt jo menneen maailman poliittisessa kielenkäytössä länsi oli vapauden tyyssija ja itä puolestaan länsimaisen vapauden vihollinen, orjuutuksen ja alistuksen symboli. Kautta historian idästä ovat tulleet valloittajat ja tuholaiset, slaavit, mongolit, kiinalaiset tai japanilaiset. Läntinen Suomi on ammoin jopa nimennyt itsensä "varsinaiseksi", siis oikeaksi, Suomeksi. Itäiselle Suomelle ei sentään ole annettu mitään käänteistä nimeä, mutta jostain syystä siellä asuu kieroja savolaisia tai lupsakoita pohjoiskarjalaisia, jollain lailla hassua väkeä siis. Idässä ovat runot, rajat ja köyhyys, lännessä vilja-aitat, varsinainen Suomi.

Pohjoisen vertauskuvalliset ominaisuudet vaihtelevat perspektiivin mukaan. Maailmanlaajuisesti puhutaan rikkaasta pohjoisesta ja köyhästä etelästä, mutta maakohtaisesti nämä suhteet vaihtelevat. Suomessa etelä on rikasta ja vaurasta ja pohjoiseen liitetään vieläkin usein köyhyys ja kehittymättömyys, myönteisimmilläänkin usein vain pyrkimys "kehittymiseen", mitä se sitten kulloinkin on. Italiassa suhteet ovat toisin päin: pohjoinen on vaurasta aluetta, "kehittynyttä" ja teollista, ja etelä köyhää, "kehittymätöntä", ja ihmiset pakenevat sieltä pohjoiseen töihin. Yhdysvalloissa on puolestaan ollut aikoinaan jako vapaaseen pohjoiseen ja orjuuttavaan etelään. Sittemmin jako muuttui teolliseksi, vauraaksi ja koulutetuksi pohjoiseksi ja takapajuiseksi ja kouluttamattomaksi eteläksi, jonka suurinta takapajulaa tai ydinosaa kutsuttiin vielä "syväksi eteläksi", jonka kai tarkimmin voisi kääntää "suureksi pimeydeksi".

Ilmastollisesti pohjoiseen liittyy kylmyys, etelään lämpö. Alko markkinoi 1990-luvulla koomisen typerillä mainoksilla Finlandia-vodkaa pohjoisen myyttisillä ominaisuuksilla, lumella ja jäällä, talvisella järvellä ja pimeällä ja myi siinä sivussa sitten Suomea jokseenkin eskimoiden asuinsijana. Kielenkäyttöön on vakiintunut sanonta "mennä tai matkustaa etelään", joka ei yleensä merkitse matkaa Oulusta Helsinkiin, vaan lomamatkaa jonnekin lämpimään maahan. Etelään lähdetään viettämään huoletonta ja vähäpukeista lomaa lämpimässä, pohjoiseen mennään hiihtämään ja laskettelemaan lämpimästi pukeutuneina ja hyvin varustautuneina. 1970-luvulle jatkuneessa suomalaisessa muuttoaallossa puolestaan muutettiin vielä selvästi pohjoisesta etelään, mutta nyt sekin suunta on alkanut muuttua osin päinvastaiseksi tai suunnat ovat menneet kerta kaikkiaan sekaisin, niin että matkataan pitkin ja poikin maata työn perässä kuin myyntiedustajat tai maanmittarit.

Historian opettajani herra Palonen harmaassa tukassaan ja moitteettomassa tummanharmaassa puvussaan esitti joskus tunneillaan ennustuksia maailman lähitulevaisuudesta sen jälkeen, kun historiaa oli tankattu riittävästi. Ennustuksissa korostuivat ilmansuunnista useimmiten etelä ja itä, pohjoisesta ja lännestä Palosella ei ollut sanottavaa. Palosen mukaan sekä kiinalaiset että afrikkalaiset lähtevät vielä kerran liikkeelle ja tulevat meidän eurooppalaisten asuinsijoille. Hän ei siis puhunut etelän kaipuusta, vaan etelän uhasta; hän ei puhunut idän viisaudesta tai mystiikasta, vaan idän massoista, jotka polkevat meidät vielä alleen. Siirtolais- ja pakolaisaaltoina etelän uhka ja idän massat ovat osaksi jo alkaneet toteutua, mutta eivät aivan vielä herra Palosen ennustamana hyökyaaltona näillä raukoilla pohjoisilla rajoillamme. Aallot ovat kuitenkin alkaneet kastella varpaitamme sekä hukuttaa ihmisiä Välimereen.

Hyvästi

*Hyvästi, jos ikuisiksi
    ajoiksi, niin hyvästi!*

*Jollet anteeks antais, miksi
    silti en sua siunaisi?*

Lordi Byron (suomentanut Jaakko Tuomikoski)

Mummoni, äidinäiti, kuoli 87-vuotiaana oltuaan sitä ennen sairaalassa pitkään. Mummo kuoli ikään kuin ei mihinkään, niin kuin kroonistuneet vanhukset sairaaloissa kuolevat. Mitään varsinaista sairautta ei ollut, vain heikkenevä fysiikka ja tajunta. Vanhuuden dementia mummolla hyvin mahdollisesti oli, mutta se ei ole sairaus, johon kuollaan.

Mummosta lähti henki erään syyskuisen perjantain ja lauantain välisenä yönä kello 2.25, kun hoitajat olivat kääntämässä häntä kyljeltä toiselle. Siinä käännössä mummo kääntyi pois elämästä, henki kirjaimellisesti pakeni niin kuin mummokin oli paennut elämää. Se oli odotettua, sillä edellisen päivän iltana mummo oli lopettanut syömisen ja juomisen. Ainoa elon merkki oli ollut raskas hengitys. Mummon kasvot olivat kuulemma muuttuneet myös kokonaan toisenlaisiksi perjantaina iltapäivällä.

Mummo oli joutunut sairaalaan yhdeksän kuukautta aikaisemmin sen jälkeen kun hän oli kaatunut niin pahasti, että lonkka murtui. Kukaan ei tiedä, kuinka kauan yksin asunut vanhus oli joutunut makaamaan kotonaan, ennen kuin joulunpyhinä liikkeellä ollut kotiavustaja löysi mummon ja toimitti sairaalaan. Kaatuminen oli johtunut mitä ilmeisimmin mummon käyttämistä miesvainajansa liian suurista tohveleista, jotka olivat jääneet kiinni maton reunaan.

Alkuun mummo oli parantunut sairaalassa hyvin. Murtunut lonkka oli korjaantunut ja mummo oli alkanut kävellä tuen kanssa. Mutta pian mummo ilmeisesti päätti, että sairaala oli hänen mahdollisuutensa päästä pois elämästä, joka oli jatkunut jo liian pitkään samanlaisena yksinäisyytenä. Kävelyn ja tervehtymisen edistyminen loppui lyhyeen ja melko pian mummo ei enää noussut sängystä omin avuin. Se oli päättäväisen mutta hataran mielen tietoinen päätös. Mieli ei vain arvannut, että sitkeä fysiikka panisi vastaan vielä kuukausia.

Kävin katsomassa mummoa sairaalassa kolme kertaa. Ensimmäisellä käyntikerralla talvella mummo oli vielä hyvässä kunnossa. Puhui kaikenlaista, ei ehkä mitään kovin järkevää, mutta puhui ja tajusi asioita.

Mummo ei välttämättä tuntenut minua sillä kerralla, mutta hänellä oli jokin mielikuva ja käsitys minusta. Käynti oli melkein mukava, vaikka oli surullista nähdä vanha nainen laihtuneena ja ilman paria kaatumisessa murtunutta alahammasta. Käynnistä jäi hyvä mieli, mutta mielessä kävi jo ajatus, että mummo ei selviä tästä sairaalamatkasta. Jälkeenpäin hyräilin jostain syystä Neil Youngin kappaletta *Old laughing lady* kuin oodina mummon hampaattomalle hymylle. Vaikka mummo oli pääsääntöisesti vakava, oli hänellä hiljainen naurunsa, omiin oloihinsa tottuneen ihmisen huumori.

Toisen kerran menin sairaalaan keväämmällä veljeni ja tämän pojan kanssa. Mummo oli huonompi ja keskustelimme melkein koko käynnin ajan siitä, miten meidän pitäisi keittää itsellemme kahvia mummon mielestä huoneen toisessa nurkassa olleella liedellä. Tarpeet olivat kuulemma yhdessä kaapeista, ei kun ottaisimme. Sanoimme vain, että emme tarvinneet kahvia juuri nyt. Jopa huoneessa pistäytyneeltä hoitajalta mummo pyysi meille kahvia. Vanhat tavat pysyivät viimeiseen asti: vieraille oli aina tarjottu kahvia ja mummo luuli olevansa kotona, ei sairaalassa. Mummon luota ei koskaan päässyt poistumaan ilman monen kahvikupillisen juomista, pannuun ei voinut jättää mitään tai heittää pois kahvia, kaikki oli juotava.

Viimeisen kerran kävin katsomassa mummoa heinäkuun alussa. Kerta oli käynneistä vaikein. Mummo makasi huoneessa, jossa oli neljä heikkokuntoista vanhaa naista. Heinäkuun helteellä neljä naista ja huoneen keskellä ollut alusastia saivat aikaan kuvottavan hajun, joka nosti oksennuksen kurkkuun muutaman kerran.

Mummo nukkui tullessani, mutta hoitaja kävi herättämässä hänet. Noin puolen tunnin hereillä olon aikana mummo sanoi jotain, mutta puhe oli niin epäselvää, että en ymmärtänyt siitä mitään. Parinkymmenen minuutin kuluttua mummo torkahti ja minä lähdin. Pois ajaessani mietin, että käynti oli todennäköisesti viimeinen. En kestäisi käydä enää katsomassa kerta kerralta huonompaa mummoa.

Mummo kuoli lopulta siihen, että makasi sairaalassa yhdeksän kuukautta. Siihen kuolisi nuorempi ja terveempikin helposti. Kuoleman aiheutti verenmyrkytys, joka syntyi pitkän makuulla olon aiheuttamista märkivistä makuuhaavoista. Kuolema tuli kutsumatta, mutta ei kylään, vaan asumaan.

Mummo kuoli hyvin suomalaisesti. Hitaan höperöitymisen aiheutti osaltaan yksin jääminen ja yksin jättäytyminen miehen kuoleman jälkeen yli kymmenen vuotta aiemmin. Luonteeltaan melko epäsosiaalinen ihminen Savon syrjäkyliltä vetäytyi omiin oloihinsa ja sai niihin paljolti jäädäkin. Vääjäämättä vanhuus ja höpsöys tulivat nopeammin kuin ehkä muuten, joskin silti hitaasti. Sitkasta fysiikkaansa mummo ehti valittelemaan monta kertaa niinä vuosina. Kun sydämessä ei ollut mitään pahempaa vikaa, kesti vanhan naisen elimistö kaiken muun hyvin, vaikka erilaista pientä vaivaa olikin. Verenpaineet ja muut pikkuvaivat eivät vanhaa naista hetkauttaneet, kuoleman tuojaksi tarvittiin suurempi rysäys.

Mummo ehti asua yli 50 vuotta isossa talossa savolaispitäjän syrjäkylillä. Viimeiset kymmenen vuotta kuluivat kirkonkylän yksiön hiljaisuudessa ja yksinäisyydessä, joka oli varmaan kestämättömän pitkän tuntuinen. Vain keskilattialla ollut televisio, ulkona käymiset sekä kodinhoitajien säännölliset käynnit rytmittivät päivää. Lapsenlapset kävivät kesällä kahvilla ja rupattelemassa, mutta muuten seuraelämä jäi vähäiseksi. Kirkolla oli ystävä tai kaksi, mutta yhteydenpito heidän kanssaan oli harvatahtista.

Mummo oli muuttanut kirkolle vuosi sen jälkeen, kun ukko oli kuollut. Yhden talven mummo ehti asua talolla yksistään. Talon tilavasta yksinäisyydestä mummo siirtyi kirkonkylän ahtaaseen yksinäisyyteen eikä elämä paljoa muuttunut. Ihmisiä oli ympärillä, mutta elämänsä enemmän omissa oloissaan olleena mummo ei osannut siitä nauttia.

Mummon talolla yksin asumisen talvena minä olin siellä viikon verran maaliskuussa, ikään kuin hiihtolomalla. Yritimme pitää seuraa toisillemme sen minkä kykenimme. Minä kävin hiihtämässä, että olisi ollut jotain tekemistä uunin lämmittämisen, syömisen, kahvin juomisen, radion kuuntelemisen ja lukemisen välissä.

Oli hiljaista ja kylmää. Asuin talon ison salin takana olevassa pienessä läpikulkuhuoneessa, ainoassa, joka lämpeni talvella nopeasti täydestä kylmyydestä liiankin kuumaksi. Kuuntelin iltaisin vanhasta putkiradiosta musiikkia ja pidin ovea raollaan kylmään saliin, etten olisi aivan tukahtunut huoneeseen.

Viikon lopulla lähdin tyytyväisenä takaisin Helsinkiin, aika oli alkanut käydä pitkäksi. Muistan, kuinka mummo lähtöpäivääni edeltävänä päivänä sanoi ruokapöydässä päätään käsiin nojaten "nyt se tyhjyys tuli". Ulkona pyrytti lunta, Marian päivän pyryjä, niin kuin mummo sanoi.

Sunnuntaina olin noussut bussiin.

Mummon hautajaisissa maalaispitäjän kirkon kappelissa ei ollut tungosta. Läsnä olivat vain sukulaiset ja näiden perhettä, hiukan toistakymmentä ihmistä.

Arkunkantajat saatiin kokoon suvun miehistä, mutta sukulaismiehet loppuivat arkun kuuteen kantokahvaan. Yhtään mummon ystävää ei ollut hautajaisissa, samassa talossa kirkolla asunut ystävä, päiväkävelyiden seuralainen, oli joutunut sairaalaan juuri ennen hautajaisia. Papin pakollisen osuuden jälkeen kuljettiin parisataa metriä haudalle.

Kun mummon arkku oli laskettu haudan pohjalle kauniissa syyssäässä ja liinat irrotettu, minulle nousivat mieleen yksinkertaiset matkaan lähettämisen sanat: "sinne mänj". Sinne katosi tarinoiden kertoja ja pohdiskelija, vanha savolaisnainen, joka eli elämänsä kahden maailman - arkisen maalaisuuden ja korkeita tavoittelevan idealismin - välissä.

Mummon asunnolta kirkonkylällä oli hautausmaalle matkaa alle sata metriä, ja siellä mummo kävi usein miehensä ja poikansa haudalla. Ehkä mummo oli lopulta onnellinen, kun pääsi itsekin hautausmaan kiviaidan taakse, maan sisään, pois täältä.

Keskusteluja ruokapöydässä

Keskustelun taito kuulemma opitaan ja siihen harjaannutaan ruokapöydässä. Sen määritelmän mukaan minä en ole koskaan oppinut keskustelemaan, koska siihen ei ole ollut tilaisuutta niissä ruokapöydissä, joissa olen elämäni alkanut ja tottumukseni saanut. En tiedä miten vakava tämä vamma on, mutta tyypillisen suomalainen se tietysti on. Tuskin siitä kukaan Ranskassa tai Italiassa kärsii. Siellähän keskustelu kulkee loputonta virtaansa kesken syömisen niinkin hyvin, että itse syömisestä ei välillä tahdo tulla mitään.

Jos yritän tavoittaa elämääni muokanneen puutteen juuria ja alkuperää palaamalla entisiin ruokapöytiini ja niiden ilmapiiriin, leikkikoulun ruokapöytä on ensimmäinen muistamani julkinen ruokapöytä. Siellä oli kiire syödä. Syömisen kiihokkeena käytettiin akvaarion kaloja: se joka söi nopeimmin, sai ruokkia kalat. Koska olin lapsena isokokoinen ja hyväruokainen, olin usein jo kaloja ruokkimassa, kun muut vielä lappoivat ruokaa suuhunsa. Keskustella en siinä pöydässä ehtinyt, eikä puhuminen varmasti ollut edes kovin toivottua. Sehän vei aikaa syömiseltä ja vaikeutti tarhan tätien työtä. Ja kalat odottivat nälissään, joten olisi ollut julmaa viivyttää niiden ruokailua virittämällä sen kummempia keskusteluja pöydässä. Parempi oli vain syödä reippaasti ja kilpailla kalojen syöttämisvuorosta muiden yhtä innokkaiden kanssa sekä unohtaa keskustelukulttuuriin kasvamisen mahdollisuus. Kilpailu kyllä kärsi hiukan siitä, että tädit eivät välillä antaneetkaan kalojen ruokintaa nopeimmalle syöjälle, jos tämä sattui olemaan liian usein yksi ja sama. En viitsinyt joka kerta yrittää parastani, vaan annoin tasoitusta muille, kun huomasin, että pelkkä vilpitön suoritus ei johtanut toivottuun tulokseen.

Leikkikoulusta siirryin pari korttelinväliä kansakouluun. Kansakoulun ruokapöydät olivat 1960-luvulla kylmiä ja kovia, eikä niissä jätetty sijaa keskustelulle. Tärkeintä oli syödä ruokansa reippaasti ja sotkematta ja mennä sen jälkeen nopeasti ulos häiritsemästä muita. Mitä hiljaisempi ja nopeampi syöjä oli, sen parempi. Nopeasta syömisestä ei enää saanut palkintoa. Opettajien tehtävä oli valvoa syömisen sujumista ja auttaa joskus, ei innostaa oppilaita keskusteluun ruokapöydässä, niin opettavaista kuin se ehkä olisi ollutkin. Puhua kyllä voitiin, mutta liian äänekkäät ja monisanaiset keskustelun yritykset tukahdutettiin nopeasti. Yritteliäät keskusteluntapaiset siirtyivät pakosta ruokapöydästä koulun pihalle, jossa ne sekaantuivat pian raittiiseen ulkoilmaan ja muuttuivat ripeiksi juoksuaskeliksi tai nahisteluksi.

Oppikoulun ruokapöydissä ei oltu yhtä hiljaa, mutta ei niissä keskusteltukaan - niissä hälistiin tai suoranaisesti möykättiin. Opettajat pysyivät yleensä syrjässä syömässä omassa pöydässään, ja vain jos meteli yltyi sietämättömäksi, saattoi joku tulla rauhoittamaan tilannetta. Keskustelemaan ei yllytetty mitenkään, ei kerrottu sen mieltä ylentävästä ja sivistävästä vaikutuksesta, vaikka sen olisi luullut olevan koulun tehtävä. Mutta ehkä kävin väärää koulua, väärässä kaupunginosassa ja väärien ihmisten kanssa. Ehkä muualla oli toisin. Ehkä opettajat istahtivat toisissa kouluissa oppilaidensa keskelle pöytään ja johdattivat nämä vilkkaaseen ja antoisaan keskusteluun syömisen lomassa ja antoivat siten oppilaille arvokasta evästystä tulevaan.

Kotiruokapöydässämmekään ei paljoa keskusteltu. Me lapset söimme kaksistaan. Äiti oli syönyt ruokansa päivällä työssä, eikä isä ollut yleensä tullut kotiin vielä ruoka-aikaan. Kukaan ei keskustellut meidän kanssamme ruoan yli henkevästi tai hengettömästi, tärkeintä oli jälleen vain syödä ruokansa ja olla tyytyväinen. Jos äiti oli keittiössä kun söimme, hän huomautti liian syvästä etukumarasta lautasen päällä tai liian äänekkäästä maiskutuksesta. Emme ruvenneet keskustelemaan siitä, olivatko äidin ohjeet asiaankuuluvia vai tarpeettomia. Äiti ei keskustellut, hän komensi. Meidän tehtävämme oli totella ja syödä, ei keskustella. Jos ruoka ei maittanut, ei siitäkään auttanut keskustella. Joko söimme tai jätimme syömättä, muuta vaihtoehtoa ei ollut. Vaikka ruoan maittavuus olisi ollut mitä antoisin puheenaihe, joka olisi voinut avata huimaavia näköaloja ruokapöytäämme, ei siitä sopinut edes yrittää puhua. Kaikki senkaltainen yritys kilpistyi ruoanlaittajan tylyyn vastarintaan, mikä oli varsin ymmärrettävää.

Ja mistä me olisimme keskustelleet ruokapöydässä? Äiti oli työpäivän jälkeen kireä ja umpimielinen, jo pelkkä ruoan valmistus ja pöydän kattaminen oli hänelle riittävä ponnistus. Äidin voimat eivät työpäivän ja ruoan valmistamisen jälkeen riittäneet enää kuin tarkkailuun ja valvontaan ja joihinkin komentoihin. Isä söi myöhemmin kotiin tultuaan yksin, keskustelematta kenenkään kanssa yhtään mitään - tosin sitäkin enemmän itse maiskuttaen ja itsekseen puhellen, mutta ei sekään kasvattanut meitä lapsia keskusteluun. Jäin siis paitsi keskustelun avartavaa ja sivistävää vaikutusta myös kodin ruokapöydässä.

Armeijan ruokapöytiin en osallistunut. Kuulopuheista olen saanut selville, että sielläkään ei pyritä rohkaisemaan keskustelua. Pikemminkin syöjillä on hätä siitä, että saavat eteensä ruokaa ja ehtivät syödä siinä lyhyessä ajassa, joka on varattu ruokailuun. Ainoat sanat joita pöydissä vaihdetaan, ovat armeijamaisen tehokkaat ruokalajien ja astioiden nimitykset, kun joku haluaa jotain lisää ja yrittää osoittaa sen tällä merkillisellä viestinnän välineellä, puheella. Mutta keskustelua ei niissäkään ruokapöydissä käydä, ja vaikka käytäisiinkin, niin tuskin se enää ketään niin myöhäisessä vaiheessa koulisi.

Minä olen oppinut syömään nopeasti ja liikoja puhumatta. Kun katselen ympärilleni ruokaloissa ja ravintoloissa, näyttää moni muu syövän hitaasti ja puhuen. Heillä ruokailu säestää keskustelua, maut ja hajut myötäilevät puhetta, kiemurtelevat sanojen sekaan suuhun, sotkeentuvat joka paikkaan. Ruokaa rytmitetään puheella ja puhetta ruoalla, sopivasti vaihdellen. Vähäpuheisella syöjällä ruoka solahtaa kurkusta alas nopeammin, tulee syödyksi, kun ei tarvitse seurata keskustelua eikä sanoa mitään. Mutta ehkä ruokaan ei silloin tule myöskään keskustelun tuomia sävyjä, sanojen antamaa makua, keskustelun nautinnon lisäarvoa. En kuitenkaan aio luopua omasta tavastani, vuosien ja kouliintumisen tuomasta tyylistä.

Grisha-karhu ja flyygeli

Kävin jokin aika sitten pianokonsertissa Musiikkitalossa. Näin ja kuulin kehutun salin ensi kertaa. Puukorvan on paha sanoa salin akustiikasta muuta kuin että flyygeli kuului hyvin, äänet olivat kirkkaita. Soitin oli asetettu keskelle esiintymisaluetta yksikseen. Flyygelin kansi ammotti auki kuin valaan kita. Virittäjä oli vielä ennen konsertin alkua flyygelin luona työssään, mikä vähän ihmetytti. Eikö instrumentti kannattaisi virittää hyvissä ajoin, eikä jättää asiaa viime hetkeen? Vai oliko tullut kiire ja aikataulut pettäneet? Vai saiko pianisti erityisen hyvää palvelua, koska oli maailman parhaimmistoa? Jokainen ääni flyygelistä soisi nyt mahdollisimman tuoreesti viritettynä, koneistossa ei olisi vanhoja ja virttyneitä ääniä.

Kehuttu sali oli asiallisen oloinen, mutta tummat korkeat puupinnat tekivät siitä raskaan ja erikoisen oloisen. Kun soittomontussa oli esissä vain flyygeli, areena näytti enemmän jumppasalilta kuin konserttipaikalta. Esiintymislavaa ympäröivät korkeat tummat puureunukset korostuivat erityisesti, oli vähän kuin olisi katsellut jotain varastotilaa tai vankilaa. Vaikutelmaa korostivat lavan takana oleva kolhot pariovet. Lavan puulattiaan oli ehtinyt jo kulua selkeät jäljet, jotka näyttivät juoksuradalta. Ehkä salia käytettiin soittamisen ulkopuolella muusikoiden kuntoharjoituksiin? Näin mielessäni viulistit ja sellistit kirmaamassa puulattian kaarrekuvioissa, ja jatkamassa sitten ylös portaita katsomon lehtereille. Ylös päästyään he juoksivat salin ympäri ylätasanteella ja palasivat rappuja pitkin takaisin esiintymislavalle. Alkujuoksun jälkeen seurasi venyttelyä ja voimistelua. Soittajien kallisarvoiset raajat eivät saaneet jäykistyä tai kipeytyä!

Katsomo oli korkea ja jatkui turhan ylös, sen ylimmät penkkirivit hipoivat kattoa. Luulisi, että sieltä on paha katsella alas. Korkeanpaikankammoisten kannattaa ainakin välttää katsomon ylintä osaa, ettei konserttielämys muutu huimauksen ja vapinan kanssa painimiseksi. Jää musiikki kuulematta, kun päässä kohisee ja suhisee liika korkeus, ja tuoli alla huojuu. Tuolin käsinojiin valkoisina puristuvat kämmenet eivät myöskään ole kaunis näky.

Ylhäällä lehtereiden reunoilla oli metalliset kaiteet joissa on tankoja. Tangoista tuli mieleen apinahäkki. Reunarivin yleisö pujotti jalkojaan tankojen välistä, hyvä etteivät kirkuneet banaaneiden perään ja ravistelleet kaltereitaan. Ihmisiltä ne kuitenkin vaikuttivat, käyttäytyivät hillitysti ja asiallisesti. Taisivat keskustella illan ohjelmasta tai päivän säästä, koska näyttivät niin vakavilta.

Konsertti pääsi viimein alkamaan alkuvaikutelmien ja –havaintojen jälkeen. Jostain lavan vasemmasta reunasta ilmestyi musta hahmo frakinliepeet heilahdellen. Grigori! Venäjän pianokarhu Grisha asteli tasaisesti flyygelin luo, kumarsi ensin meidän katsomomme suuntaan, kääntyi sitten kannoillaan ja kumarsi toiseen suuntaan. Frakinliepeet heilahtelivat puolelta toiselle kuin heinikko tuulessa. Grisha istui soittopallille, otti soittoasennon, ja flyygeli päästi heti perään ensimmäiset tunnustelevat sointunsa. Grishan karhunkäpälät liikkuivat elegantisti koskettimistolla, sormet olivat koukussa ja kämmenet kuperat kuin karhulla muurahaispesää tonkiessa. Makoisia ääniä käpälät flyygelistä löysivätkin.

Alkuun päästyään Grishan kämmenet jatkoivat kulkuaan koskettimistolla. Flyygelistä kuului kirkkaita ja herkkiä ääniä. Välillä Grisha yltyi juoksuttamaan sormiaan koskettimilla vähän nopeammin, mutta suurin huomio kiinnittyi Grishan kevyeen ja herkkään otteeseen. Diskantit kilahtelivat herkästi Grishan sormien alla, eikä koskettimiston synkkä pää saanut aikaan liian voimakasta ääntä. Grishalla oli soitto kämmenissään.

Ehkä Grisha ajatteli soittaessaan Venäjän mehiläispesiä, joista kauhoi hunajaa suuhunsa isoilla kämmenillään.

Grisha esiintyi eleettömän arvokkaasti kuin vain karhu voi esiintyä. Säveltäjän vaihtumisen merkiksi Grisha nousi, kumarsi hillitysti yleisön aplodeille molempiin suuntiin, asettui takaisin jakkaralle ja kajautti flyygelistä melkein heti istuuduttuaan uusia sointuja. Kun toisen säveltäjän soinnut oli saatu kauhotuksi ulos flyygelin sisältä, Grisha nousi ylös uudestaan. Hän kumarsi taputuksille ja käveli tasaisen verkkaisesti kohti salin vasenta laitaa. Frakinliepeet hulmahtelivat puolelta toiselle ja Grishan vasen käsi taipui selän taakse kuin tavoitellen kuritonta frakinlievettä. Sitten frakinlieve hävisi näkymättömiin karhun perässä.

Väliajan jälkeen Grigori ilmaantui uudestaan lavan vasemmalta puolen frakinliepeet perässään. Kumarrukset, ja saman tien Grigori jo istui pianojakkaralla. Uuden säveltäjän soinnut virtasivat flyygelistä saliin. Yleisö keskittyi hiljaa Grishan soittoon. Osien välissä taputettiin. Kun Grisha viimein sai ohjelmistonsa päätökseen, yleisö nousi seisaalleen taputtamaan. Grisha kumarsi jäykästi eri suuntiin, frakinliepeet tekivät omat liikkeensä, ja sitten Grisha hävisi lavalta.

Yleisö oli armoton sinä iltana: se taputti Grishan lavalle kuusi kertaa. Kuusi kertaa Grisha palasi frakinliepeet heiluen lavan takaa flyygelin ääreen ja soitti lyhyitä kappaleita. Kuusi kertaa, ajatelkaa. Osa yleisöstä ei jaksanut jäädä kuuntelemaan, vaan alkoi poistua. Osa seisoi katsomon ylätasanteella kuuntelemassa, jalat jo puoliksi naulakon suuntaan menossa. Aloin hermostua jo itsekin, ja olisin poistunut, mutta muu penkkirivi ei päästänyt meitä pois nurkastamme. Kuuntelimme encoret loppuun, taputimme, ja poistuimme. Karhu oli käynyt soittamassa ja palaisi taas kotiinsa.

Muumio

Muumioksi muututaan hitaasti. Se kestää vuosikymmeniä tai vuosisatoja. Lopputuloksena on kurtistunut hahmo, joka kestää aikaa kuin pergamentti. Olio näyttää ihmiseltä, jotenkin, mutta irvistelee samalla koko ihmisyydelle. Nahkaksi muuttunut iho kiristelee, hampaannysät tököttävät kuivuneissa ikenissä, hiustupot eivät kaipaa enää hoitoainetta eivätkä parturia. Kynnet ovat ruskistuneet ja käpristyneet, raajat koukistuneet siihen asentoon, missä vainaja sattui olemaan ennen kuin alkoi tiensä muumioksi. Muumio on kestoruskettunut, niin kuin se olisi käynyt solariumissa kausikortilla ennen kuolemaansa. Se ei kai ollut kuullut ultraviolettisäteilyn ja ihosyövän välisestä suhteesta mitään.

Muumioita löytyy monesta paikasta, mutta erityisesti pyramideista ja suohaudoista. Kolmas paikka ovat lumen ja jään kerrostumat jossain vuorilla, neljäs kirkkojen lattialautojen alapuoli, viides autiomaat. Pyramidit ovat käyneet vähiin maailmassa, uusia ei enää varsinaisesti rakenneta, mutta suohautojen määrä on lukematon. Pitää kaivella sopivannäköisellä suolla tarpeeksi syvälle, ja kas, sieltä voi tulla vastaan muumio. Ennen kaivamista kannattaa varautua siihen, että vastaan tulee jotain muutakin kuin puunkappaleita, työkaluja tai kolikoita. Tai jos niitä alkaa löytyä, niin seuraavaksi suosta voi nousta muumio. Ei sitä pelätä kannata, se ei enää liiku, puhu tai käy kimppuun, mutta näyttää kuitenkin sen verran rumalta, että on syytä olla varautunut henkisesti. Jos lähdet suolle kaivuuseen, on turha valittaa jälkikäteen pelästymistä.

Muumiot löytyvät monesti muiden etsintöjen sivutuotteina. Arkeologi Carter kaivoi Egyptissä esiin Kuolleiden laakson pyramidit ja löysi sieltä muun rojun seasta muumioita. Maanalaisissa käytävissä liikkujat ovat törmänneet muumioihin: käytävien löytymisen ilo on hyytynyt, kun muumiot ovat tulleet vastaan jonkin nurkan takaa. Suoturpeen kaivajat ovat ärtyneet, kun kaivurin kauha on kuopaissut esiin vettyneen ja ruskean muumion.

Minä aloin muuttua muumioksi jo elämäni aikana. Elämä hiljeni ympärillä, aloin hapantua sisältä. Ehkei olisi pitänyt syödä niin paljon hapankaalia, vaikka se terveellistä olikin. Voi olla, että se oli osaltaan vaikuttamassa asiaan. Ilmastonmuutoskin saattoi edistää asiaa: pitkät lämpimät kaudet kuivattivat minua, nestetasapainoni ei ehtinyt enää palautua syksyn ja talven aikana. Viimeisinä vuosikymmeninä kuivumiseni edistyi hitaasti mutta varmasti lämpimien jaksojen aikana. En jaksanut juoda tarpeeksi vettä, vaikka siitä paljon puhuttiin. Olisi pitänyt kulkea ympäriinsä vesipullo mukana ja hörpiskellä siitä tavan takaa. Se ei oikein huvittanut. Siitä kuivuminen varmaan alkoi. Suolaista ruokaakin söin varmasti liikaa. En pitänyt terveysintoilusta, ja suolasin ruokani entiseen tapaan. Kyllä siinä iho alkaa kuivaa. Hilsettä minulla oli ollut jo nuoresta, ja lääkärit puhuivat aina atooppisesta ihosta, kun näkivät minut. Olin varmaan muumioitumiselle altis kokonaisuus. Ihminen ei tajua omaa parastaan, yllättyy elämän seurauksista. Minä voin vain toivoa, että minua ei aseteta näytteille mihinkään lasikaappiin. Nuori muumio, kuka sellaista haluaa nähdä? Tuskin kukaan, kun vanhojakin riittää, vuosituhansien takaa, ja aina niitä löytyy lisää. Tietysti voisin säätää testamentissani, että minut pannaan hyvään talteen ja otetaan esiin parin tuhannen vuoden kuluttua uudestaan. Sitten voisin olla jo kunnon muumio, esille laittamisen arvoinen. Lasikaappi ja kaikki kosteustasapainon ylläpito vievät rahaa, jotka pitää kerätä yleisöltä. Muumio vuodelta 2005, lukisi lasikaapin kyltissä. Ihmiset katsoisivat hetken, ja jatkaisivat sitten matkaansa seuraavalle lasikaapille, jossa todennäköisesti olisi sikiö spriissä. Ehkä niille jäisi jotain mieleen.

Rangaistussiirtolassa

Kreikkalaisissa jumaltaruissa on ymmärretty hyvin täydellisyyden ja liian itsetyytyväisyyden aikaansaaman hybriksen vaarat. Koko kreikkalainen tarusto vilisee erilaisia rangaistuskertomuksia siitä mitä seurasi, kun joku kurja oli onnistunut tavoittamaan jotain liian hyvää ja täydellistä. Jumalten uhmaaminen erityisesti kaikkitietävyyden ja täydellisyyden aloilla oli pahin mahdollinen virhe. Kun tulenanastaja Prometheus onnistui tuomaan ihmisille liikaa helpotusta ja uusia mahdollisuuksia, hän sai siitä kauhean rangaistuksen, loputtoman tuskan. Ihmisistä kauneimmaksi ja viisaimmaksi mainittu Sisyfos viihtyi liian hyvin maailmassa ja palasi maan päälle vielä kuoltuaankin. Niinpä Sisyfosta piti rangaista elämän turhuuden muistutuksella, ja mies pantiin vierittämään isoa kiveä mäen päälle, aina ja uudestaan. Manalasta puolisoaan hakemaan mennyt Orfeus puolestaan halusi tietää liikaa ja kurkisteli taakseen paluumatkalla vastoin nimenomaista kieltoa, jotta näkisi, että vaimo oli entisensä, eikä hankala noutomatka ollut turha. Orfeus uhmasi tietämättömyyden periaatetta ja menetti pelin, ja

Eurydike kiskaistiin vapauden porteilta takaisin manalaan miehen malttamattoman tiedonjanon vuoksi.

Taruissa ja myyteissä vilisee käskyjen tai ohjeiden uhmaajia, joiden rangaistukset ovat hirveitä. Rangaistukset on tarkoitettu oleellisesti myös pelotteluksi muille, muistuttamaan siitä, miten käy, kun erehtyy luulemaan itsestään jotain muuta, kuin ylhäältä - jumalilta tai mistä tahansa muualta - annettu ohjesääntö suvaitsee. Kun ihmispolot erehtyvät niin sanotusti luulemaan itsestään liikoja, vaikka se ei useinkaan ole edes kovin paljon, siinä käy kehnosti.

Tarkastellaan kuitenkin lähemmin yhtä periuhmaajaa, Sisyfosta, joka joutui sovittamaan uhmaansa ja omapäisyyttään erityisessä rangaistussiirtolassa, manalassa. Sisyfoksen kohtaloa on usein pidetty myös ihmisen surullisen osan yleispätevänä kuvauksena, mutta en puutu nyt siihen, vaan lähestyn myyttiä hiukan uusista näkökulmista.

Sisyfoksen rangaistus oli hyvin yksinkertainen ja yksitoikkoinen: hän vieritti isoa kiveä vuorelle päivästä toiseen. Aina kun Sisyfos oli saanut kiven ylös vuorelle, kivi kierähti alamäkeen ja vyöryi takaisin vuoren juurelle. Mutta Sisyfos vain jatkoi, kieritti samaa lohkaretta uudestaan ja uudestaan ylös, vaikka lohkare vyöryi joka kerta alas.

Tarun mukaan Sisyfos oli elämässään ollut ihmisistä viisain ja älykkäin, mies, joka rakasti maailmaa niin, ettei olisi tahtonut luopua siitä kuoltuaankaan. Siksi Sisyfos palasi kuolemansa jälkeen takaisin maan päälle elämään vielä vuosikausiksi, omin päin, keneltäkään lupaa kysymättä, mikä oli erityisen julkeaa. Hän nautti elämästään meren rannalla ja tunsi elämäniloa. Tämä herätti kateutta ja närää sekä muissa ihmisissä että jumalissa. Elämänilostaan ja elämänrakkaudestaan sekä niiden luomasta uhmasta Sisyfos tuomionsakin sai.

Mutta kuvitellaanpa Sisyfoksen kivenvierityksen tarinaan hiukan jatkoa ja muunnelmia, koska itse myytti ei kerro mitään Sisyfoksen myöhemmistä vaiheista, vaan tyytyy jättämään hänet vain loputtomaan puurtamiseensa. Yksi mahdollinen jatko tarinalle voisi olla seuraavanlainen. Jos Sisyfos vieritti kiveään ylös vuoren rinnettä joka päivä samasta kohtaa, syntyi vuoren seinämään vähitellen ura. Vuosien mittaan uran on täytynyt painua maan sisään, syvälle vuoren rinteeseen. Jossain vaiheessa Sisyfos on työntänyt kiveään tunnelissa vuoren ali ja ohi. Silloin kivi ei ole enää voinut kieriä alas. Rangaistus on päättynyt siihen, ja Sisyfokselle on koittanut vapaus, jos hän vain on löytänyt tiensä ulos maan alta, oman tuomionsa tunnelista. Vuosien yksitotinen saman toisto ei ole omiaan vapauttamaan ihmistä, sanoivatpa tehtaanomistajan ja rangaistussiirtolan komendantin äänet mitä tahansa muuta. Onkin vaikea kuvitella, miten Sisyfokselle olisi käynyt, jos tämä olisi vuosia yhtä ja samaa junnattuaan päässyt yhtäkkiä vapauteen ikään kuin omalla työllään, jos kohta tähän tulokseen aikomatta ja pyrkimättä. Olisiko Sisyfos enää tämän jälkeen osannut nauttia vapaudesta ja elämästä, tuntenut elämänriemua niin kuin aiemmin? Vai olisiko Sisyfos äkillisestä vapaudesta turtuneena ja pelästyneenä vain palannut rangaistussiirtolaansa vierittämään kiveä edelleen jonkin toisen vuoren seinämälle? Vai olisiko Sisyfos kenties vain päätynyt yhdestä tylsyydestä toiseen, siirtynyt rangaistussiirtolassa tekonsa sovitettuaan paratiisiin, toiseen siirtokuntaan, jonka tehtävä oli yhtä lailla turruttaa uhmaajan kyselevä mieli ylenpalttisella tasapainolla ja hyvinvoinnilla? Kaikki vaihtoehdot tuntuvat yhtä mahdollisilta sen jälkeen, kun Sisyfos kerran oli lähtenyt rangaistavaksi asettumisen tielle.

Jos oletetaan myytin yleisessä hengessä, että Sisyfos ei olisi oppinut rangaistuksestaan mitään, olisi hän mahdollisesti taas vapauteen päästyään jatkanut leveilyään maan päällä, mikä olisi herättänyt taas jumalten huomion. Siitä olisi seurannut mitä luultavimmin uusi rangaistus, tällä kertaa kovennettu ja ilman pakomahdollisuuksia. Enää ei olisi riittänyt loputon kiven pyörittäminen, vaan sen tilalle olisi tullut jotain vaativampaa ja vielä nöyryyttävämpää, sellaista, joka olisi murskannut vastarinnan lopullisesti.

Näinkin myytin jatkossa olisi voinut käydä... Kun Sisyfos on työntänyt kiveä aikansa vuorta ylös ja alas, kivi on kulunut kulumistaan, kunnes siitä on ollut jäljellä enää pieni sirunen. Mitä olisi tapahtunut sen jälkeen? Olisivatko jumalat heittäneet Sisyfokselle aina uuden lohkareen vieritettäväksi, kun entinen oli kulunut melkein mureniksi? Vai olisiko Sisyfos napannut pienen kiven lopuksi kouraansa, tempaissut sen Välimereen ja lähtenyt paikalta vihellellen, kun työ tuli tehdyksi ja rangaistus kärsityksi? Ajatus taivaalta satavista aina uusista lohkareista tuntuu ainakin myytin henkeen ja jumalten yleisiin menettelytapoihin hyvin sopivalta.

Ajankohtaisempi tulkinta Sisyfoksen tarulle voisi olla seuraavanlainen. Ajatellaan, että vuorenrinteessä, jossa Sisyfos lohkareineen päivästä toiseen työskenteli, oli kasvillisuutta, pensaita tai ruohoa edes, ei ehkä puita. Sisyfoksen lohkare runteli aina mennen tullen kasvillisuutta. Ruoho painui ja pensaat lakastuivat. Kun lohkare kieri holtittomasti alas rinnettä pitkin, on siinä mennyt mukana kaikki eteen sattunut: pensaat ovat pöllynneet ja tanner kaikunut. Maa on painunut kiinteäksi ja kovaksi kiven alta. Sinne tänne poukkoileva järkäle on uurtanut rinteeseen syviä juomuja, jotka ovat vain syvenneet kerta kerralta. Mutta Sisyfos on jatkanut uutterasti yhtä ja samaa, noutanut kiven vuoren alta kerta toisensa jälkeen ja liiskannut sillä vuoren seinämää uuteen uskoon. Varmasti Sisyfos on huomannut aiheuttamansa vahingot, mutta on niistä huolimatta jatkanut työtään, kun on kerran siihen laitettu. Jääräpäisesti Sisyfos on puskenut lohkaretta edellään ja ollut aina yhtä hämmästynyt, kun se on livennyt käsistä vuoren laella ja vyörynyt hirvittävällä rytinällä taas alas. Mutta opikseen Sisyfos ei ole ottanut, on vain jatkanut työtään, suorittanut jumalaista tuomiota ja tehtäväänsä.

Parempaa tarpeettoman työn tekemisen vertauskuvaa kuin Sisyfoksen urakointi on vaikea keksiä. Mutta sen lisäksi Sisyfos on ollut tavallaan ympäristörikollisen esikuva, tarpeettomalla mutta ahkeralla työllä ympäristöään tuhoava ihminen. Siitäkin huolimatta, että Sisyfos on nähnyt työnsä kammottavat tulokset, hän on jatkanut, kun on kerran saanut tehtävän ylempää. Samalla logiikallahan ympäristöä tuhotaan nykyäänkin: työläinen tekee, kun tehtävä on annettu, eikä työn mielekkyyden perään auta kysellä liiaksi, kun työpaikka voi olla vaarassa. Tehtaanjohtaja taas antaa tehtaan pyöriä niin pitkään, kuin se tuottaa riittävästi voittoa. Tuottavuus, kannattavuus ja kilpailu ovat ne jumalat, jotka ovat asettaneet tehtaanjohtajan työhönsä. Siinä ei voi kysellä sen perään, aiheuttaako päivästä toiseen ympäristöä moukaroiva tehdas vaurioita, ei, vaan tehdas työntää lohkarettaan ylös rinnettä aina uudestaan ja uudestaan niin kauan kuin voiton jumalat ovat niin määränneet.

Muistamisen tuska

Suurenmoisessa kirjassaan *The Mind of a Mnemonist* neuropsykologi Anton Romanovits Lurija kertoo erään herra S:n poikkeuksellisen tarinan. Lurijan kirjan päähenkilö ja tutkimuskohde on muistaja, jonka muisti oli äärettömän hyvä, jopa niin, että asioiden unohtaminen oli S:lle pitkään samanlainen ongelma kuin tavalliselle ihmiselle jonkin asian muistaminen usein on. S eli S. V. Shereshevski pystyi esimerkiksi opettelemaan merkityksettömiä luku- ja kirjainsarjoja millaisia määriä tahansa. Hän pystyi myös palauttamaan mieleensä hyvinkin kauan sitten mieleen painamansa asiat. Joissain Lurijan tekemissä kokeissa oli testattavan numero- tai kirjainsarjan mieleen painamisesta kulunut aikaa jo 17 vuotta, mutta S kykeni palauttamaan sen mieleensä yhtä helposti kuin mieleen painaminen olisi tapahtunut edellisellä viikolla.

S itse ei ollut kiinnittänyt elämänsä vajaan kolmenkymmenen ensimmäisen vuoden aikana mitään huomiota muistinsa poikkeuksellisuuteen. Hän oli aina kuvitellut, että kaikki ihmiset muistavat asiat yhtä tarkasti kuin hän itse muisti. Vasta Lurijan järjestämissä kokeissa S:lle itselleenkin paljastui, että hänen muistissaan oli jotain erityistä ja poikkeavaa. Myöhemmin S ryhtyikin käyttämään muistiaan elinkeinona ja alkoi antaa muistiesityksiä.

Muistikuvat ja synestesia

S:n muistaminen perustui paljolti eloisien mielikuvien käyttöön ja niiden herättämiseen uudestaan. S kykeni painamaan mieleensä voimakkaita ja aistimusvoimaisia mielikuvia, joissa assosioi asioista toiseen omalla tavallaan. Yhdestä muistettavasta sanasta S esimerkiksi saattoi kuvitella mielessään kokonaisen tilanteen kaikkine osallistujineen ja tapahtumineen. Lurijan mukaan "ainoat hänen käyttämänsä menetelmät olivat kuvallisia: joko hän näki mielessään joukon sanoja tai numeroita, jotka oli esitetty hänelle tai hän muunsi esitetyt sanat tai numerot mielessään kuviksi." S muisti kuvallisuuden, assosiaatioiden ja synestesian avulla.

Synestesia, eri aistien välittämän tiedon yhdistely, ei ollut kuitenkaan pelkästään hyödyllinen S:lle, vaan rajoitti myös hänen elämäänsä. Oudot sanat herättivät hänen mielessään erilaisia kuvia, viivoja, pisteitä, roiskeita ja pilviä. Joskus keskittyminen puhujan puheäänen herättämiin mielikuviin sai S:n unohtamaan kokonaan puhujan sanoman sisällön:

"Katsokaahan, joillakin ihmisillä tuntuu olevan monia ääniä, heidän äänensä ovat kokonaisia äänten kirjoja. Edesmenneellä S.M. Eisensteinilla oli juuri sellainen ääni: kun kuuntelin häntä, minua lähestyi liekki, josta pursusi lieskoja. Kiinnostuin niin paljon hänen äänestään, että en kyennyt seuraamaan mitä hän sanoi. Mutta on ihmisiä, joiden ääni muuttuu koko ajan. Minun on usein vaikea tunnistaa jonkun ääntä puhelimessa eikä se johdu niinkään huonosta linjasta. Se johtuu siitä, että ihmisen ääni muuttuu 20 - 30 kertaa päivän mittaan. Muut eivät tätä huomaa, mutta minä huomaan."

S:n synesteettiset elämykset, jotka kokeissa auttoivat muistamisessa, aiheuttivat muitakin ongelmia, ne estivät esimerkiksi kasvojen muistamisen. "Toisin kuin muut ihmiset, jotka yleensä keskittyvät joihinkin kasvojen piirteisiin muistaakseen kasvot ---, S näki kasvot valojen ja varjojen muuttuvina hahmoina, samaan tapaan kuin katsoisi ikkunasta meren aaltojen nousua ja laskua. Kukapa voisi muistaa aaltojen liikkeiden kaikkia muutoksia?" S itse kuvasi kasvojen muistamisen vaikeutta seuraavasti: " 'Kasvot ovat niin muuttuvia', hän sanoi. 'Ihmisen kasvojen ilme riippuu hänen mielialastaan sekä olosuhteista, joissa satun hänet tapaamaan. Ihmisen kasvot muuttuvat koko ajan.

Erilaiset kasvojen ilmeet sekoittavat minut ja tekevät kasvojen muistamisen niin vaikeaksi.' "

Muistamisen tekniikka

Esiintyvänä muistajana S kehitteli edelleen mielikuvatekniikkaansa ja päätyi itsenäisesti samanlaiseen tekniikkaan, jota käyttivät jo antiikin puhujat. Tätä muistamisen tapaa kutsuttiin keinotekoiseksi muistiksi, ja sitä kuvaavat muun muassa Cicero ja Quintillianus sekä tuntemattoman roomalaisen kirjoittama teos Ad Herennium, joka on kirjoitettu retoriikan oppikirjaksi. Menetelmä perustui siihen, että muistettavat tosiasiat järjestettiin mielessä esimerkiksi johonkin rakennukseen tiettyyn paikkaan, ja asian muistiin palauttamisvaiheessa henkilö kulki mielessään rakennuksessa ja poimi rakennukseen sijoittamansa mielikuvat ja niihin liittyvät mielleyhtymät.

S noudatti samanlaista menetelmää ja S:n tekemät muistamisvirheetkin olivat lähinnä havaitsemisen virheitä, kun S oli ollut huoleton mielikuviensa sijoittelussa.

"Laitoin lyijykynän mielikuvan lähelle aitaa --- siellä kadun varressa, tiedättehän. Mutta mielikuva sekoittui aitaan ja kävelin ohitse huomaamatta sitä. Sama tapahtui sanan kananmuna kanssa. Panin sen pystyyn valkoista seinää vasten ja se sekoittui taustaan. Kuinka voisin erottaa valkoisen kananmunan valkoisesta seinästä? Entäpä sitten sana tähystyspallo? Se on jotain harmaata ja niinpä se sekoittui jalkakäytävän harmauteen. Lippu tarkoittaa tietenkin punalippua. Mutta talo, jossa on Moskovan kaupungin neuvostotyöläisten valtuusto, on myös punainen, ja koska laitoin lipun lähelle talon seinää, kävelin ohitse huomaamatta lippua --- Sitten sana sukkula. En tiedä, mitä se merkitsee, mutta se on niin tumma sana, etten nähnyt sitä --- ja katulamppukin oli aika kaukana."

Havaintovirheet pakottivatkin S:ää kehittämään tekniikkaansa. Myöhemmin S käytti sekä isompia mielikuvia että huolehti muistettavan asian sijoituspaikan selkeästä havaittavuudesta mielikuvassa.

Esiintyvänä muistajana S siirtyi myös taloudellisempaan mielikuvien käyttöön, mielikuvien pikakirjoitukseen, jolla tiivisti muistettavaa ainesta. S keskittyi tällöin mahdollisimman vähiin yksityiskohtiin, joiden avulla hän painoi muistettavan mieleensä. S kuvasi itse vanhan ja uuden menetelmänsä eroa näin: "Jos aiemmin jouduin muistamaan sanan Amerikka, minun piti pingottaa pitkä pitkä köysi valtameren poikki, Gorkinkadulta Amerikkaan, jotten eksyisi matkalla.

Tämä ei ole enää tarpeen. Jos vaikka saan sanan elefantti muistettavaksi, näen eläintarhan. Jos minulle annetaan sana Amerikka, näen mielikuvan setä Samulista. Jos saan sanan Bismarck, sijoitan mielikuvani Bismarckin patsaan lähelle. Jos saan sanan transkendentaalinen, näen opettajani Sherbinin seisomassa patsasta katsellen ---. En enää käytä niitä monimutkaisia tapoja matkustaa eri maihin muistaakseni sanoja."

Unohtamisen helpotus

Esiintyvänä muistajana S joutui ensimmäistä kertaa kiinnittämään huomiota myös unohtamiseen. S antoi useita esityksiä illassa ja havaitsi, että loppuillasta aikaisempien esitysten aikana mieleen painetut luku- ja kirjainsarjat tai sanat pyrkivät sotkeentumaan uusiin, mikä häiritsi esityksiä. Vaikka S:n muisti hiukan virheellisestikin toimivana oli vaikuttava, yleisö oli armoton, eikä suvainnut virheitä, joten S joutui kehittämään esiintymisiä varten tavan unohtaa aiemmin mieleen painamansa. Useita erilaisia menetelmiä ensin kokeiltuaan S havaitsi hämmästyneenä unohtamisen olevan hyvin yksinkertaista: jos hän ei halunnut muistaa jotakin, hän ei sitä muistanut. S itse oli hyvin helpottunut keksinnöstään.

"Yhtenä iltana, se oli 23. huhtikuuta, olin hyvin väsynyt antamastani kolmesta esityksestä ja ihmettelin, kuinka selviäisin neljännestä. Näin edessäni kolmen edellisen esityksen numeroluettelot. Se oli kauhea ongelma. Ajatelin: vilkaisen vain nopeasti onko ensimmäinen numeroluettelo vielä paikoillaan. Jotenkin pelkäsin, ettei se olisi siellä enää. Halusin ja en halunnut nähdä sitä --- Sitten ajattelin: numeroluettelo ei ilmaannu nyt, ja selvää on miksi - koska en halua sen ilmaantuvan. Ahaa! Jos en siis halua numeroiden ilmaantuvan, ne eivät ilmaannu. Ja minun piti vain tajuta tämä.

Sillä hetkellä tunsin olevani vapaa. Sen tajuaminen, että minulla oli jokin suoja virheitä vastaan antoi minulle enemmän itseluottamusta. Aloin puhua vapaammin, ja soin itselleni jopa tauon pitämisen ylellisyyden, kun tunsin tarvitsevani taukoa. Sillä tiesin, että jos en halunnut mielikuvan ilmaantuvan, se ei ilmaantunut. Minusta tuntui suurenmoiselta ---."

Sanoja ja kuvia

Hyvin huolimattomasti ajateltuna S:n muistamisen ja mielen toimintatapa voi vaikuttaa työtä tekevän runoilijan tavalta lähestyä mielikuviaan. S ei kuitenkaan ollut runoilija, itse asiassa hän ei ymmärtänyt runoista eikä kirjallisuudesta juuri mitään. Sanat ja erityisesti äänteet sekä puhujan ääni synnyttivät S:lle eloisia synesteettisia mielikuvia, värejä ja makuja, viivoja, roiskeita ja höyrypilviä, mutta mielikuvat estivät S:ää ymmärtämästä, eivät auttaneet ymmärtämistä. S sekaantui mielikuviinsa niin, että ei usein ymmärtänyt ollenkaan, mistä jossain tekstissä tai kertomuksessa oli kyse. Mielikuvat alkoivat elää omaa elämäänsä ja veivät S:n mukanaan.

S tunsi myös selvästi, että joidenkin sanojen äänneasu ja merkitys vastasivat toisiaan tarkalleen, että oli olemassa sanoja, jotka kaipasivat korjailua sekä sanoja, joiden merkitys oli hänestä täysin luonnoton. Nämä sanat olivat S:n mielestä tulleet kieleen väärinkäsityksen vuoksi. S:lle sanan merkityksen piti sopia sen äänneasuun. Muuten hän suistui helposti tasapainosta.

" --- Olin sairaana tulirokossa ---. Olin tullut takaisin hepreankoulusta päänsärkyisenä ja äiti oli sanonut: 'Hänellä on kuumetta' (jiddišiksi heets). Totta! Heets on intensiivinen, kuin salama --- ja päästäni tuli terävä oranssi valonsäde. Se sana on aivan oikea!

--- Mutta otetaanpa sana holz (jiddišin polttopuu). Se ei sovi ollenkaan. Holzissa on ympärillään loistava kajo, valonsäde --- ja silti sen pitäisi merkitä polttopuuta --- Ei, se on väärin, siinä on jokin väärinkäsitys."

Kun S kuunteli jotain pitempää kertomusta, hän juuttui helposti yksittäisten sanojen herättämiin voimakkaisiin mielikuviin eikä kyennyt enää seuraamaan tarinan etenemistä saati käsittänyt tarinan kokonaisuutta. "Jos tarina luettiin melko nopeasti, S:n kasvot kuvastivat hämmennystä ja lopulta täyttä sekaannusta. 'Ei', hän sanoi. 'Tämä on liikaa. Jokainen sana saa aikaan mielikuvan, mielikuvat törmäävät toisiinsa ja tuloksena on kaaos. En saa tästä mitään selvää. Ja sitten vielä teidän äänenne --- lisää sotkua --- sitten kaikki puuroutuu.' "

Kertomuksen kokonaismerkitys, joka tavallisen ihmisen on helppo ymmärtää, jäi S:ltä usein tarinan herättämien polveilevien mielikuvien vuoksi täysin ymmärtämättä.

"Viime vuonna luin sopimuksen, jossa puhuttiin kauppiaasta, joka oli myynyt niin ja niin monta metriä kangasta --- Heti kun kuulin sanat kauppias ja myi, näin sekä kaupan että kauppiaan, joka seisoi myyntitiskin takana, niin että näin vain hänen ylävartalonsa. Kauppias puhui tehtaan edustajan kanssa. Kaupan ulko-oven lähellä näin ostajan seisomassa selkä minuun päin. Kun ostaja siirtyi hiukan vasempaan, näin sekä tehtaan että tilikirjoja - yksityiskohtia, joilla ei ollut mitään tekemistä sopimuksen kanssa. En ymmärtänyt tarinan ydintä."

S:n kyky ymmärtää suuria kokonaisuuksia ja asioiden välisiä loogisia suhteita oli heikko, hän keskittyi yksityiskohtiin, jolloin asioiden väliset ilmiselvät yhteydet saattoivat jäädä häneltä kokonaan huomaamatta. S:n ajattelun kulmakivinä olivat konkreettiset yksittäiset asiat ja tapaukset, niistä yleistäminen oli hänelle vaikeaa tai lähes mahdotonta. Kun lukee S:n tavasta lähestyä sanoja ja kertomuksia, tuntuukin käsittämättömältä, että S 1920-luvun lopulla Lurijan tavatessaan työskenteli kaikista ammateista juuri lehtimiehenä. Jos S koki lukemansa ja kuulemansa näin monimutkaisesti, millaisia uutisia hän on voinut kirjoittaa? Tästä Lurija ei valitettavasti kerro mitään kirjassaan, eikä Lurijan koeselostuksissa ole muutenkaan viitteitä siitä, että hän olisi testannut S:n kirjoittamista.

Kielen runous

Metaforista, symbolisesta kielestä tai edes synonyymeista S ei ymmärtänyt mitään, hän käsitti sanat konkreettisesti. Jos oli vaikka kyse metaforasta "punnita sanansa", S näki mielessään konkreettisesti ensin vanhanaikaisen vaa'an ja siinä jotain punnittavaa, esimerkiksi leipää. Tämän kuvan avulla hän yritti saada selkoa metaforasta, mutta ei saanut, koska sanat eivät olleet konkreettisia ja siten punnittavissa.

Siinä missä muut näkivät saman asian eri sanoilla ilmaistuna, S näki vain konkreettisia ja hyvin erilaisia sanaparin herättämiä mielikuvia. "Otetaan vaikka sanat varas ja roisto (venäjän vor ja žulik). Varas on hyvin kalpea mies, jolla on painuneet posket ja kiusatun ilme kasvoillaan. Hän kuljeskelee ympäriinsä ilman hattua ja hänen hiuksensa ovat oljen kaltaiset. Hän on huonosti pukeutunut ja taskut ovat revenneet. Kaikki tämä liittyy o-äänteeseen, tuohon pitkään o:hon (sana äännetään vo-or venäjässä). Ja se on niin harmaa sana. Ja koska juutalaiset eivät äännä r:ää, tulee sanasta vooh, täysin harmaa.

Roisto (žulik) on taas muuta --- Tämä on kiiltäväposkinen mies: toisen silmän yläpuolella on arpi ja silmissä on irstas katse. Kun olin pieni, äänsin sen zulik. Silloin hän näytti minusta pieneltä, vahvalta ja jäntevältä, ja z-äänne oli kuin kärpäsen surinaa. Ajattelin, että se on kärpänen, joka pörrää ikkunassa. Kun myöhemmin tajusin, miten sana oikeastaan äännetään, näkemäni pieni mies kasvoi."

S:lle sanojen merkitykset olivat usein myös hyvin laajoja, samantyyppisiä kuin lapsilla on kielen kehityksen varhaisessa vaiheessa. Sama sana saattoi merkitä S:lle hyvin erilaisia asioita. Esimerkiksi sana žuk oli S:lle alun perin sanamukaisesti vain kovakuoriainen, mutta sana sai myös monia muitakin merkityksiä:

"Žuk - se on lommoontunut kohta potassa --- se on ruisleivän palanen --- Ja kun illalla sytyttää valot, se on myös žuk, sillä koko huone ei valaistu, vain pieni alue, ja kaikki muu jää pimentoon - žuk. Syylät ovat myös žuk ---.

Nyt näen heidät laittamassa minua istumaan peilin eteen. Melua ja naurua. Silmäni tuijottavat minua peilistä - pimeästä - ne ovat myös žuk --- Nyt makaan kehdossani --- Kuulen huudon, melua, uhkauksia. Sitten joku keittää jotain emalisessa teekattilassa. Se on isoäitini kahvin keitossa. Ensin hän pudottaa jotain punaista kattilaan ja ottaa sen sitten pois - žuk."

Missä mieli?

Lurija tutki S:ää yli 30 vuotta. Tutkimuksista syntynyt kirja, *The Mind of a Mnemonist*, on erinomainen esimerkki siitä, millaista tutkimus voi parhaimmillaan olla. Tunnettu yhdysvaltalainen neurologisten häiriöiden tutkija ja popularisoija Oliver Sacks pitikin kirjaa Lurijan romanttiseksi tieteeksi kutsuman lähestymistavan malliesimerkkinä. Paikoin Lurija eksyy tieteellisen kuvauksen objektiiviseen ikävystyttävyyteen, mutta sieltä hänet nostaa taas takaisin tutkimuskohteen, S:n muistin ja persoonallisuuden, kummallisuus ja siitä syntyvä innostus.

Vaikka Lurija tutki S:ää yli kolmekymmentä vuotta, hän ei pystynyt koskaan lopullisesti ratkaisemaan, mikä aiheutti S:n poikkeuksellisen muistamiskyvyn. S:llä ei Lurijan mukaan ollut mitään neurologista vammaa tai sairautta eikä S:n perheessä ollut mielisairautta. S oli eriskummallinen, uneksija, josta sai helposti hiukan yksinkertaisen vaikutelman, mutta hän ei ollut epänormaali tai heikkolahjainen. S muistuttaa etäisesti niin sanottuja idiot savanteja, kehitysvammaisia, joilla on jokin poikkeuksellisesti kehittynyt kyky, esimerkiksi muisti, musikaalisuus tai erinomainen päässälaskutaito, niin kuin vaikka Sademies-elokuvan Raymondilla. S ei ollut idiot savant, mutta S:n kaltaisella muistajalla ja idiot savanteilla on varmasti jotain yhteistä. Lurijan kuvaama S oli muistajana poikkeuksellinen, mutta ei ainutlaatuinen.

Tristan Tzara ja dadaismin manifestit

A manifesto is a communication made to the whole world, whose only pretension is to the discovery of an instant cure for political, astronomical, artistic, parliamentary, agronomical and literary syphilis. It may be pleasant, and good-natured, it's always right, it's strong, vigorous and logical.

Romanialainen Tristan Tzara, oikealta nimeltään Sami Rosenstock, kirjoitti ja esitti seitsemän dadaistista manifestia vuosina 1916 - 1921, vaikka oli "periaatteessa manifesteja ja periaatteita vastaan". Manifesteista kolme tuli esitetyksi dadaismin yhdessä pääpaikassa Zürichissä, neljä Pariisissa. Oman ilmoituksensa mukaan Tzara ei kirjoittanut manifesteja siksi, että hänellä olisi ollut jokin ohjelma, jota halusi julistaa, vaan siksi, että halusi osoittaa olevan mahdollista tehdä vastakkaisia tekoja samanaikaisesti. Tzaran dadaistiset manifestit eivät olekaan perinteisiä ohjelmanjulistuksia, vaan enemmän ohjelmanumeroita, provokaatioita tai sanaleikkejä. Manifestit kuvastavat aikansa sekavia oloja, kieltävät vallitsevia arvoja. Dadaismin hengessä ne sekä haluavat olla jotain että kieltävät samassa hengenvedossa olemassaolonsa sekä kaikki ylimääräiset tulkinnat. Dada ei ole mitään

Toisessa dadaistisessa manifestissaan vuonna 1918 Tzara julisti, että "Dada ei merkitse mitään" ja pilkkasi ihmisiä, jotka olivat ottaneet erilaiset selitykset dada-sanan alkuperästä vakavissaan. Dada ei merkinnyt Tzaran mukaan keinuhevosta, se ei ollut myöskään venäjän tai slaavilaisten kielten myöntösana, eikä afrikalaisen heimon pyhän lehmän häntä. Ilmeisesti dada oli Tzaralle tyhjä käsite, sisällyksetön äänneyhdistelmä, samanlainen hoku tai loru kuin dadaistien omat foneettiset runot. Dadaismin ristiriitaisen hengen mukaista oli kuitenkin, että sanasta ja sen keksijästä riideltiin aikanaan hyvin kiivaastikin, ja jopa Tzara itse on väittänyt keksineensä sanan. Dadaismi ja taide Tristan Tzara hyökkäsi manifesteissaan poleemisesti aikansa vallitsevaa taidekäsitystä vastaan. Taide ei ollut Tzaralle vakavaa, se ei ollut elämän arvokkain ilmentymä. Dada ja Tzara halusivat laajentaa vallitsevaa taidekäsitystä:

Dada remains within the framework of European weaknesses, it's still shit, but from now on we want to shit in different colours so as to adorn the zoo of art with all the flags of all consulates.

Dadaismille taide oli arkipäiväinen asia, ei arvokas tai kunnioitettava. Taidetta ei nähty elämästä erillisenä instituutiona, vaan taide oli jokaisen yksityinen asia ja taitelijat tekivät taidetta itselleen. Taiteella ei ollut Tzaran mielestä mitään erityisen yleviä päämääriä, vaan taiteen tekeminen oli itsensä huvittamista, pelaamista ja leikkiä. Taide oli osa elämää eikä siitä pitänyt etsiä perimmäistä totuutta ja kauneutta.

Kirjallisuus ja kieli

Manifesteissaan Tzara ei esitä kirjallisia ohjelmia, hänelle dadaismi ei ole kirjallinen koulukunta. Tunnetuin ja ilmeisesti eniten vaikuttanut kirjallinen "ohje" on Tzaran antama dadaistisen runon teko-ohje. Runoa varten pitää silputa sanomalehdestä sopivan pituinen artikkeli saksilla. Saadut sanalappuset laitetaan laukkuun, laukkua ravistellaan ja lappusia nostellaan tämän jälkeen yksi kerralla laukusta. Runo syntyy sitä mukaa kuin sanoja nostetaan laukusta. Tzaran ohjeen mukainen runon "luominen" merkitsi sattuman hyväksi käyttöä. Toisen dadaistin, saksalaisen Hans Richterin, tulkinnan mukaan sattuma merkitsi dadaisteille tiedostamattoman minän, alitajunnan, voimien hyödyntämistä. Alitajunnan, vapaan assosiaation ja sattuman avulla ajateltiin syntyvän toisenlaista taidetta. Tzara itse halusi kirjallisuutta, jonka sivut räjähtävät.

Every page should explode, either because of it's profound gravity, or it's vortex, vertigo. newness, eternity, or because of it's staggering absurdity, the enthusiasm of it's principles, or it's typography.

Tällainen kirjallisuus ei Tzaran mukaan kuitenkaan tavoita massoja, lukijoita. Siksipä kirjailija kirjoittaakin itselleen, omaksi ilokseen. Kirjallisuus syntyy luomisen pakosta, itsekkyydestä, ja kirjallisuutta sitovat lait ovat merkityksettömiä. Toistuva aihe Tzaran manifesteissa on suhde kieleen ja sen konventioihin. Tzara hyökkää kielen rajallisuutta ja konventionaalisuutta vastaan, pyrki kohti ilmaisevampaa kieltä. Hän haluaa sanoutua irti normaalin kielenkäytön - vihaamansa terveen järjen - sopimuksista. Tzaran dadaistisessa semantiikassa mikä tahansa kielen ilmaus on korvattavissa millä tahansa satunnaisella ilmauksella ja myös ristiriitaiset lauseet voivat olla tosia:

Art is putting itself to sleep to bring about the birth of the new world ART - a parrot word - replaced by DADA, plesiosaurus or handkerchief. The contradiction and unity of opposing poles at the same time may be true.

Tzaran mukaan kielen käsitteiden merkitys on hämärtynyt, sanoilla ei ole kaikille kielenkäyttäjille yhteistä merkitystä. Niinpä Tzara haluaisikin tietää, mitä sanat merkitsevät ennen kuin niitä käytetään.

Dada tries to find out what words mean before using them, not from the point of view of grammar, but from that of representation. Thought is made in the mouth.

Tzaralle kielenkäyttö ja ajattelu samastuvat, ajattelu etenee spontaanisti puheen mukana, sanat saavat merkityksensä puhujan suussa. Tzara muotoilee tässä loogikko Carnapin tunnetun toleranssiperiaatteen ennen Carnapia: Tzaran (ja myöhemmin myös Carnapin) mielestä jokainen voi valita logiikkansa, kielen ja sen semantiikan, itse. Luonnollisestikin tällaisen "mitä sylki suuhun tuo" -ajattelun seuraukset voivat olla kovin raskaat, puhujan voi olla vaikea tulla ymmärretyksi, jos hän noudattaa liian johdonmukaisesti oman yksityisen kielen periaatetta. Tzaran omassa "semantiikassa" ristiriidat eivät ole kiellettyjä tai vältettäviä, vaan ristiriita pitää koko järjestelmän liikkeessä. Niinpä Tzara pitää pilkkanaan normaalia logiikkaa sekä yrityksiä määritellä dada. Dada ei ole määriteltävissä, dadan logiikka ei ole normaalia.

Dada is applicable to everything and yet it is nothing, it is the point where yes and no meet, not solemnly in the castles of human philosophies, but quite simply on street corners like dogs and grasshoppers.

Länsimaisen logiikaan perinteiden vastaisesti väite ja sen kielto voivat olla Tzaralla ja dadalla tosia samanaikaisesti. Tzara ei kuitenkaan pääse ulos logiikasta, sillä hän käyttää tässä vain hyväkseen tuttua logiikan sääntöä, jonka mukaan ristiriitaisesta lauseesta voidaan johtaa mikä hyvänsä lause. Niinpä Tzara voikin väittää manifesteissaan mitä tahansa. Hän voi jopa paradoksaalisesti väittää kannattavansa kaikkia konventioita (vastustettuaan niitä ensin monessa kohtaa, muun muassa puhuessaan taiteesta):

I support all the conventions - to suppress them would be to make new ones, which would complicate our lives in a truly repugnant fashion.

Tzara siis kannattaa ja ei kannata konventioita samaan aikaan, valitsee noudattamansa konventiot mielensä mukaan. Sylki tuo Tzaran suuhun sanoja ja ajatuksia, ilmausten lentoa.

Valehtelijan paradoksi

Useissa manifesteissaan Tzara tekee pilkkaa kuulijoistaan ja lukijoistaan. Manifestit ovat leikinlaskua, ohjelmanumeroita, pilkantekoa ja valhetta. Kuudennessa manifestissaan Tzara väittääkin valehdelleensa, hänellä ei olekaan mitään ohjelmaa, ei mitään systeemiä. Valehtelijan paradoksin hengessä Tzara toteaa:

The moment has come when I should tell you that I've been lying. If there is a system in the lack of system - that of my proportions - I never apply it. In other words I lie. I lie when I apply it, I lie when I don't apply it, I lie when I write that I lie because I do not lie --.

Dadaistisessa hengessä Tzaran manifestit olivatkin ehkä pelkkiä valheita ja piloja. Tzara on klassinen ironikko, hän tiesi manifestiensa merkityksettömyyden ja valheellisuuden, mutta luki niitä yleisölle, joka halusi kuulla ohjelmanjulistuksia, totuuksia, sekavana aikana. Palkakseen yleisö sai vain valheita ja herjoja, joita tarjoiltiin totuuksina. Omien sanojensakin mukaan Tzara oli ilveilijä ja pilailija, joka esitti pilailuohjelmaa. Hän oli pelle ja idiootti, hovinarri, jolla ei ollut asiaa hoviin. Tzara ja dadaismi pyrkivät korjaamaan kulttuurin puutostilaa tuomalla esiin idiootin, pellen. Yleisö joutui myös mukaan osaksi dadaismin idiotiaa tai narriutta istumalla kuuntelemassa dadaillanviettojen ohjelmaa. Usein Tzara nimittelikin kuulijoitaan idiooteiksi, kertomatta kuitenkaan koskaan varsinaista syytä. Omien sanojensa mukaan Tzara nautti ihmisten hämmentämisestä, epämiellyttävien ihmisten hämmentäminen oli hänestä hauskaa. Tzaralle dadaismi edusti huumoria, elämää, joka muodostui sanoilla leikittelystä ja hulluttelusta.

Dadaistien merkitystä ei ole aina ymmärretty niin kuin sen voisi mielekkäästi ymmärtää. Dadaismi nähdään kyllä yleensä osana modernismin nousussa, mutta sille voisi antaa huomattavasti tärkeämmänkin osan, kuin yleensä on totuttu. Yleensä surrealistien merkitys tunnustetaan ilman muuta, mutta samassa hyvin helposti unohdetaan dadaistit tai pidetään näitä vain laumana sekapäisiä käsittämättömyyksiä lausuvia hulluja, jonkinlaisina esisurrealisteina. Kuitenkin on selvää, että suurin osa surrealistien "ohjelmasta" (esimerkiksi alitajunnan ja vapaan assosioinnin korostaminen, automaattikirjoitus, polemiikki muita vastaan) on peräisin jo dadaisteilta, jotka suureksi osaksi olivatkin samoja ihmisiä, kuin kymmenen vuotta myöhemmin surrealisteiksi kutsutut. On tietysti turha korostaa liikaa keinotekoisia ryhmäkuntien välisiä rajoja tai etsiä jonkin idean alkuperäistä esittäjää, siinä on vain vastassa loputon "minä tein sen ensin" -kiista. Erilaiset toisiaan seuraavat ryhmittymät kasvavat usein suoraan toistensa suusta tai otsasta, ja harvalle ohjelmalle tai ajatukselle voidaan esittää kovin helposti alkuperäistä lausujaa, ajatuksethan lentelevät ympäriinsä vapaasti. Silti haluaisin korjata hiukan sitä yleistä peilin vääristymää (tällä kertaa vinous ei todellakaan ole naamassa), joka sijoittaa surrealistit vankkumattomasti vuosisadan alun taide-elämän voimahahmoiksi ja dadaistit jonnekin piirikunnallisten rähisijöiden sarjaan. Nähdäkseni on selvää, että dadaistien ja surrealistien "ohjelma" oli pitkälti samanlainen. Siihen liittyi paljon ulkonaista ääntä ja vimmaa, porvariston härnäämistä, mutta sen lisäksi yksilön voimien ja arvon korostamista sekä taiteen juhlallisuuden arkipäiväistämistä. Dadaistit aloittivat tämän kuitenkin jo ensimmäisen maailmansodan aikana osaksi vastalauseena sodan mielettömyydelle, kun taas surrealistit olivat liikkeessä samoilla teeseillä sodanjälkeisenä nousukautena. Ehkä surrealistit siksi pääsivät helpommin muistettavaan asemaan. Sodanaikaisia "taiteellisia tapahtumia" ei panna merkille niin helposti, kun on muutakin ajateltavaa. Vasta sodan jälkeen, 1920-luvun puolen välin nousukaudella, aika oli kypsynyt riittävästi "dadaistien" esiin tuomille ajatuksille, mutta nyt "surrealistit" olivatkin korjaamassa mainetta ja kunniaa dadaistien aloittamasta työstä. Yksi syy surrealistien menestykseen voisi olla myös näiden suurempi kaunopuheisuus. Andre Bretonin surrealismin ensimmäinen manifesti vuodelta 1924 on paljon kaunopuheisempi ja luettavampi kuin Tristan Tzaran manifestit, vaikka Breton puhuukin paljolti samoista asioista, mielikuvituksesta, unista ja alitajunnasta. Surrealismi saattoi hyvinkin olla vain hovikelpoisempi versio dadaismia. Surrealismi ärsytti vähemmän eikä ollut niin röyhkeä teoissaan kuin dadaismi. Siksi se jäi elämään voimallisemmin.

Tzara-sitaatit ovat teoksesta "Seven Dada Manifestos and Lampisteries". John Calder, London 1977. Ranskasta englanniksi kääntänyt Barbara Wright.

Eino Kaila ja parranajon teoria ja käytäntö - filosofiaa miehille

Kuka olikaan ehkä ainoa ihminen, joka ajoi parran peilikuvaltaan, kun muille riittävät kasvot oikein hyvin? Tietenkin Eino Kaila, piispan poika, monipuolisuusmies, suomalaisen filosofian merkkimies etc. Hyvä mies, terävä ajattelija, lumoava puhuja ja esiintyjä, niin kuin jokainen luentoja kuullut aikalainen kiirehti jokaisessa mahdollisessa käänteessä todistamaan. Mutta vanhemmilla päivillään Kaila ilmeisesti höyrähti pahemman kerran, alkoi ajaa partaa peilikuvaltaan ja meni vielä kirjoittamaan tästä pitkän selostuksenkin artikkelissaan "Arkikokemuksen perseptuaalinen ja konseptuaalinen aines" ikään kuin parranajon teoriaa, sen tieto-oppia, sivuten. Ja mikä hämmästyttävintä, tämä selostus otettiin vakavana filosofisena analyysina, jota puitiin ja puidaan edelleen läpi maan ja maailman filosofien terävimmissä päissä.

Jos tavallinen kansalainen olisi kirjoittanut parikin sivua tekstiä henkeen "ajan partani peilikuvalta" ja julkaissut sen, olisi edessä ollut passitus Lapinlahteen. Mutta ehkä se olisi ollut vain naiivin realismin tosikkomainen vastaisku, jolle kunnon filosofi ei korvaansa lotkauttaisi. Filosofi Kailalla teksti kuuluu jälkeen jääneiden ja keskeneräisten papereiden aarteisiin. Niin maailma heittelee meitä parranajajia, ajammepa sitten millä ja mistä tahansa.

Kaila aloittaa parranajokirjoituksensa "Arkikokemuksen perseptuaalinen ja konseptuaalinen aines" seuraavalla varsin tyrmistyttävällä kysymyksellä: "Kun aamulla ajan partani peilin edessä, mistä kasvoista ajan partani?". Epäilemättä verraton kysymys, joka tavalliselle miehelle voisi juolahtaa mieleen korkeintaan pahana krapula-aamuna, kun todellisuuden perimmäinen luonne ei vielä ole täysin varmistunut edellisen päivän ryyppäämisen jäljiltä. Ja näin alkuun lukijaa hämmennettyään Kaila lisää vauhtia, jatkaa suoraan omalla vastauksellaan kysymykseen: "Jos otan huomioon vain sen, mistä parranajotoimituksen kestäessä normaalitapauksessa olen tietoinen, vain sen, mihin tämä toimitus tietoisesti kohdistuu, on vastaus epäilemättä tämä: Ajan partani kuvastinkasvoista. Luonnollisesti tiedän, että parransänki häviää todellisista kasvoista kohta kohdalta vastaavasti sen kanssa, kuinka se häviää kuvastinkasvoista, mutta tavallisesti tämä tieto on vain potentiaalista tietoa ("Wissen") eikä aktuaalista tietoa ("Erkennen")." Yhä löylyä lisäten Kaila jatkaa: "Ja edelleen: Missä leuoissa, todellisissa vaiko kuvastinleuoissa, tuntuu parransänki, jota kuvastinkäsi tunnustelee? Epäilemättä vastaus on tämä: Parransängen tuntuma sijaitsee siellä, missä sen näkymäkin sijaitsee, nimittäin kuvastinavaruudessa. Jos lukija ei usko, että näin on, pyydän häntä menemään kuvastimen eteen ja siellä tunnustelemaan leukojansa; hän on toteava, että kasvojen tuntuma sijaitsee siellä, missä niiden näkymäkin sijaitsee. Se mikä parranajon toimituksessa on tietoista, koskee normaalitapauksessa asioita, jotka eivät vain näy, vaan myös tuntuvat - kuvastinavaruudessa. Näissä tapahtumissa vallitsee varsin tarkka säännönmukaisuus, jota ilman parranajo olisi mahdottomuus. Päivästä päivään, vuodesta vuoteen, toistuu sama säännöllinen tapahtumaketju, sama "kausaliteetti", sama "syiden ja vaikutusten" sarja - kuvastinavaruudessa."

Jos lukija on seurannut Kailan ajatuksenkulkua tähän asti jotenkin, niin viimeistään nyt alkaa tuntua siltä, että jotain on pielessä. Epäilemättä on niin kuin Kaila sanoo, että kasvojen näkymä sijaitsee peilin luomassa kuvastinavaruudessa, jossain epätodellisessa, mutta millä ihmeellä Kaila sijoittaa tuntuman leuasta ja parransängestä myös samaan paikkaan? Vaikka kuinka kokeilen sänkistä leukaani peilin edessä (m i e s lukija on hyvä, ja tekee samoin), on sängen tuntuma aina naamassa, ei peilin kuvastinavaruudessa. Eikä se sinne siirry millään ilveellä, peilissä näkyy vain karvainen leuka ja sitä rapsuttava käsi, mitään "tuntumaa" en siellä koe, ei vaikka Kaila kuinka kaunopuheisesti niin väittäisi (ja minä todella kokeilin kokeilemasta päästyä - enkä usko tällä olevan tekemistä sen kanssa, että satun itse olemaan toivottoman huono parranajaja; tilanne on aivan sama silloinkin, kun kokeilen kasvojani ilman peiliä). Mitä Kaila oikein hourailee? Kumpi meistä on enemmän sekaisin, minä, joka parin hullun lauseen yllyttämänä alan sivellä leukaani peiliin mietteliäästi tuijotellen, vai lauseiden kirjoittaja

Tyrmistyttävän aloituksensa jälkeen Kaila koettaa antaa alustavan selityksen järjettömän tuntuiselle loikkaukselleen parransängen tuntuman sijoittamisesta peiliavaruuteen. Perustelu kuuluu näin: "On aihetta korostaa sitä seikkaa, että parransängen tuntuma sijaitsee siellä, missä sen näkymäkin sijaitsee. Tämä seikka on näet (niin kuin monet muutkin seikat) omansa osoittamaan vääräksi erään tavallisen ennakkoluulon, nimittäin sen, että tuntumat aina sijaitsisivat koetun kehon sisässä tai sen pinnalla. Ko. ennakkoluulo on eräs erikoistapaus "naiivia realismia" (josta kohta enemmän); ja tämä ennakkoluulo, jota voisi nimittää "naiiviksi kehorealismiksi" on väärä. Tuntumat saattavat sijaita koetun kehon (niin sanotun kehonkaavan) ulkopuolella yhtä hyvin kuin näkymät ja kuulumat, joskin se ero on olemassa, että näkymät ja kuulumat saattavat sijaita kaukoavaruudessa, jota vastoin tuntumat sijaitsevat lähiavaruudessa, koetussa kehossa tai sen läheisyydessä."

Tämä on Kailan alustava selitys parran tuntuman sijainnille sekä sille, miksi partaa oikeastaan ajetaankin peilikuvalta eikä kasvoilta. Mutta onko selitys pitävä ja uskottava, on analyysin seuraava kysymys. Kaila hyppää "selityksessään" hyvin luottavaisesti liikkeelle tuhahtaen ns. naiiville realismille, joka yleensä kulkee käsi kädessä ihmisen arkikokemuksen kanssa. Onko Kailan äkkipikainen siirtymä oikeutettu? Eikö siihen selvästi sisälly perusteeton askelma "tuntuma sijaitsee siellä missä sen näkymäkin sijaitsee" - näin on väitetty aiemmin, mutta asiaa ei ole osoitettu mitenkään kiistattomasti, ja nyt tämä onkin jo Kailan mielestä vallitseva tila. Ja tätä sitten käytetään näennäistodistuksena ja perusteluna: "Tämä seikka on --- näet omansa osoittamaan vääräksi ---". Ajatuskulku on lähinnä hämmästyttävän karkea looginen virheaskel kokeneelta filosofilta. Ensin oletetaan jotain, ja ilman sen kummempaa asian todenperäisyyden todistelua käytetään tätä oletusta seuraavassa vaiheessa jo toisen asian todistelussa. En ole vakuuttunut Kailan perusteluista ja päättelystä, sillä Kaila hyppää näennäistodistelussaan selvästikin liian monta askelmaa kerralla.

Ja mieli kaivaa lisää vastaesimerkkejä: entä sitten, että naiivi realismi ei suoranaisesti olekaan oikeassa yleensä? Eikö se kuitenkin tässä nimenomaisessa parranajoasiassa voisi olla oikeassa? Huolimatta siitä, että on olemassa tuntumia, jotka eivät selvästikään sijaitse kehon sisällä tai pinnalla (niin kuin amputoitujen jäsenten tuntumat, aavejäsenet), niin parranajo voi aivan yhtä hyvin tapahtua leuassa sijaitsevassa tuntumassa, ei peiliavaruudessa sijaitsevassa tuntumassa. Vai sijoittaako Kaila kenties myös ilman peiliä tapahtuvan parranajon jonnekin muualle kuin leukaan? Vaikka osa tuntumista ei sijaitsekaan keholla, niin se ei todista sitä, että kaikkien tuntumien tulisi sijaita jossain muualla kuin keholla. Tämä mahdollisuus Kailalta jää huomaamatta innokkaassa naiivin realismin hylkäämisessään. Tuntuu siltä, että Kailan pyrkimys yleistää mahdollisimman yleisiin selityksiin on väärä tai ainakin epäloogisesti perusteltu. Miksi vaikkapa valejäsenten tuntumien sijainnin tulisi määrätä myös parranajon tuntuman sijainti, niin kuin Kaila olettaa? Miksi kaikki on tungettava saman teorian laatikkoon, niputettava samaan kasaan? Tätä Kaila ei kysy, eikä siihen siis vastaakaan.

Mutta miten käy parranajon tämän jälkeen? Varsin petollisesti Kaila hylkää koko lupaavan parranajoesimerkkinsä artikkelin jatkossa, eikä sano siitä juuri mitään alkusivujen jälkeen. Niinpä lukijan on tyytyminen kovin alustavaan parranajon teoriaan, vaillinaiseen rakennelmaan, jonka täydentäminen jää jokaisen omaksi tehtäväksi aamuisin peilin ääressä.

En tiedä, onko niin oleellista, millä ajaa, mutta olisi kiintoisaa tietää mistä loppujen lopuksi parta ajetaan: Kailan mukaisesti kuvastinkasvoista vai naiivin realistin näkemyksen mukaisesti luuta, lihaa ja nahkaa olevista kasvoista.

Naru kaulaan

"Millaista on, jos ihmisillä ei ole samaa huumorintajua? He eivät reagoi oikein toisiinsa. Ikään kuin tiettyjen ihmisten keskuudessa olisi tapana heittää palloa toiselle, jonka on vastaanotettava se ja heitettävä takaisin. Tietyt ihmiset eivät kuitenkaan heittäisi sitä takaisin, vaan pistäisivät taskuunsa." (Ludwig Wittgenstein, Yleisiä huomautuksia, s. 138. Suomentanut Heikki Nyman.)

"Päänvaivalla ei pitäisi pahasti leikitellä. Se tulee pian tosissaan. Niin päänvika? Oikea mies ei tule hulluksi, vaikka päätä porossa keittäisi." (Pentti Haanpää, Jutut, 3. painos, s. 86)

Pentti Haanpään novellissa *Elämän keinot* esiintyy omalaatuinen parivaljakko, kaksi maantiellä kulkevaa miestä. Toinen miehistä kuljettaa toista narusta, joka on kiinni talutettavan kaulassa. Näkymä on kuin kohtaisimme sonninmullikkaa taluttavan maalaisen. Kertojakin korostaa miesten omituisuutta luonnehtimalla heitä "omituiseksi matkueeksi". Tilannetta ei selitetä sen enempää, kunhan vain kuvataan ja todetaan.

Tällaisena kulkueena, toinen edellä, toinen jäljessä ja köysi välissä yhdistämässä, miehet saapuvat talon pihaan. Siellä talutettava heittäytyy yhä kummallisemmaksi: hän pysähtyy jäykkänä ja mäkäisee voimallisesti. Saattomies karjaisee, läiskäyttää kuljetettavaa köydenpäällä pakaroille sekä kiskaisee hänet köydestä liikkeelle.

Kun miehet astuvat kohti taloa, kertoja jatkaa talutettavan kuvaamista: tällä on outo hymy ja muita tuttuja hullunelkeitä. Tarinan alkukuvion kertova kappale päättyykin luonnehtivasti: "Epäilemättä erämaitten murhenäytelmä: hullu mies ja hänen kuljettajansa...".

Lukija saa vahvistuksen epäilykselleen: hulluudestahan tässä tuntuu olevan kyse. Näine hyvineen, alustavasti luonnehdittuina ja luokiteltuina, miehet tulevat pirttiin. Sisällä saattaja hellittää köydestä ja hullu kipuaa nopeasti ylös uunin pankolle. Sieltä tämä mulkoilee pelottavasti alas ja lapset pakenevat huoneen kauimpiin nurkkiin. Saattaja istuu rauhallisesti penkille, sytyttää tupakan ja selittää tilanteen talonväelle. Saadaan tietää, että miehet ovat olleet pohjoisessa työssä, mutta ansiot eivät ole sujuneet kovinkaan hyvin. Ja toinen on vielä päälle päätteeksi tullut päänvikaan, niin että tätä on täytynyt lähteä kuljettamaan hoitoon. Miehet joutuvat anomaan matkalla leipänsä hyviltä ihmisiltä, sillä "ruoatta ei pärjää hullukaan, eikä hullujen kuljettaja...". Talonväki ymmärtää vihjeen ja pöytä pian katettu.

Miesten syödessä hullu elehtii roolinsa mukaan voimakkaasti, kaivelee kainaloistaan lutikoita tai jotakin. Talonväkeä tämä kauhistuttaa. Tilanteen huipennukseksi hullu vielä nakkaa pöydällä juoksevia russakoita suuhunsa ja toteaa: "Rusinoita! Kalivornian herelmiä. Ne on makioita". Kertoja antaa kuitenkin ymmärtää, ettei ole niinkään selvää, että russakat lentävät miehen suuhun, voivatpa hyvin lentää lattiallekin: "Liike oli niin hullunvilkas, ettei siitä saanut täyttä selkoa". Talonväki käy hullun puuhista kuitenkin umpimieliseksi, tuijottaa hullua hitaasti, niin kuin nykyään sanottaisiin. Tilanteen koomisuus kasvaa entisestään, kun kertoja kuvailee, miten isäntä kopistelee piipun perskoja ja nakkaa ne suuhunsa, niin kuin hullu hetkeä aiemmin russakat. Silti isännällä tuntuu olevan varaa ja aihetta säälitellä hullua: "Kyllä se on surkeaa, kun äly menee ihmiseltä".

Syötyään miehet alkavat hankkia lähtöä. Lähtiessä saattaja tilannetta korostaakseen läväyttää hullua narulla pakaroille. Talonväki jää ikkunaan katsomaan, kun miehet kulkevat pois. Emäntä kommentoi talonväen tuntoja: "On se ihminen silloin jo huonolla jäljellä", arveli emäntä, "kun täytyy toisen köydestä talutella aivan kuin sonnia". Ihmisestä ei jää emännän silmiin jäljelle kuin eläin, kun tämän panee köyden jatkoksi taluteltavaksi. Pragmaattisen maalaisen mielestä tämä lienee ihmisarvon pohjalukemia.

Tarinan kerronta siirtyy tämän jälkeen pois talosta ja kuvaa taas parivaljakkoa. Kulkijat ovat jo päässeet vesakoiden taakse, näkymättömiin. Siellä hullu käy yllättäen saattajansa kimppuun ja vaatii tätä tilille: "Pirun takiako sinä iskit köydelläsi niin lujaa persuksille! Etkö sinä opi lyömään varovammin!" Saattaja selittää kiukustuneensa, kun hullu oli syönyt russakoita, ja häneltä oli jäänyt inhon takia syöminen kesken. "Täydestä se kävisi vähempikin hulluileminen", on saattajan paljon puhuva kommentti hullun esityksestä talossa.

Tässä kohtaa tarina murtuu, kääntyy ylösalaisin. Äskeinen hullu ottaa köyden kaulastaan ja panee sen taskuunsa. Talutus on ainakin siltä erää ohi. Lukijalle paljastuu lopullisesti tilanteen alunperäinen outous. Hullu ei olekaan hullu, molemmat miehet, niin saattaja kuin saatettava, ovat yhtä terveitä. Tilanteessa onkin jotain muuta, kuin mitä tarinassa on tähän asti annettu olettaa.

Tilanteen selitys alkaa purkautua hiljalleen, kun miehet kulkevat eteenpäin. Toinen miehistä yltyy kehumaan toisen erinomaista keksintöä, tätä tapaa kulkea. Kuin motoksi kaikelle mies tokaisee "konsteja ei meiltä pidä puuttuman". Samaan hengenvetoon mies selittää aiemmat konstinsakin: jouduttuaan puukotetuksi mies ei enää kunnolla kyennyt työntekoon, ja niin hän oli ehtinyt koettaa monta roolia. Jopa saarnamieheksi hän oli ruvennut. Oli vain antanut parransängen kasvaa, ja pitänyt rengeiltä saamassaan pitkässä sarkatakissa saarnoja vieraissa kylissä.

Miesten taustaa kuvataan enemmän ja paljastuu, että miehet ovat yhdessä kokeneet kaikenlaista, olleet Norjassa, koettaneet kullankaivua Suomessa. Mikään ei ollut kuitenkaan onnistunut. Viimein miehet olivat joutuneet lähtemään etelään kerjuulle. Kerjuulla olo oli kuitenkin nolottanut - vain laiska ja tyhmä joutuu kerjuulle - ja niinpä oli keksitty keino. Toinen oli heittäytynyt hulluksi, koska "hulluus on parempi passi tälle matkalle. Hedelmää kantava sieluntila". Hulluksi heittäytyminen antaa hyvän syyn sille, miksi kaksi raavasta miestä kulkee kerjuulla maantietä pitkin. Hulluus on miehille käypä passi joutilaisuuteen, tekemättömyyteen.

Työteliäässä maanviljelysyhteiskunnassa ei katsottu hyvällä laiskoja, mutta hulluus kyllä selittää kaiken. Valinta olikin onnistunut, "jätkän hulluus oli menestynyt hyvin ja tuonut leipää". Loppumatkalle oli odotettavissa vielä parempaa menestystä, kun tultaisiin vauraammille seuduille. Olipa mahdollista, että tästä elinkeinosta voitaisiin vielä joskus luopuakin.

Tarina loppuu alun asetelman toistoon. Miehet alkavat taas lähestyä asuttua seutua, ja hullun on otettava roolinsa, pantava köysi kaulaan: "Hei, hei, kaveri otapa silmukka kaulaasi ja tule hulluksi, ennenkuin ihmiset näkevät".

Haanpää käsittelee hulluutta novellissa yhtenä elämän keinona, tapana saada elanto hankalassa tilanteessa. Tarinan alussa todelta näyttänyt hulluus paljastuukin yllättäen keskivaiheilla veijaroinniksi. Hulluus ei ole aitoa, vaan peliä maailmassa. Se tuntuu olevan samanlaista peliä kuin peli yleensä Haanpäällä, tapa selviytyä tai kilvoitella muiden kanssa rahasta tai jostain muusta. Hulluus on tässä novellissa yksi muunnelma Haanpäällä usein toistuvasta pelaamisen tai näyttelemisen teemasta. Tässä pelissä tai näytelmässä on panoksena henki ja elämä, aivan samoin kuin romaanissa Taivalvaaran näyttelijä, jossa päähenkilö vaihtelee jatkuvasti roolejaan elättääkseen itsensä. Selviämisstrategian lisäksi hulluus antaa kuitenkin myös mahdollisuuden pilkata muuta ihmisosaa, sillä sananlaskukin jo tietää, että "hullu työtä tekee, viisas pääsee vähemmällä". Haanpää kääntää sananlaskun hieman vinoon, leikittelee hulluuden ja viisauden käsitteillä. Haanpää ottaa sanalaskun melkein kirjaimellisesti: hullu tekeekin työtä, hankkii elantoa, mutta viisaan tavoin, rasittumatta liikaa. Yksi ja sama ihminen on yhtä aikaa sekä hullu että viisas.

Tarinassa leikitellään elämällä, kuolemalla ja hulluudella. Haanpään tulkinnan mukaan ihminen voi ottaa hullun roolin, leikitellä sillä, olla naru kaulassa - kuoleman partaalla – ja selvitä kuitenkin hyvin. Kuolema ja hulluus voitetaan pelaamalla, antamalla vastapuolelle siirtomahdollisuus, katsomalla seurauksia silmästä silmään. Kulkumiehet pelaavat korkein panoksin, omalla hengellään, kun muutakaan mahdollisuutta ei ole. Jo jutun nimi, Elämän keinot, viittaa samaan suuntaan. Keinot, konstit, ovat viimeisiä yrityksiä, tapoja pitää kuolema loitolla, kun muut tavat on jo koetettu. Wittgensteinin aforismin tavoin tarinan kulkumiehet koettelevat toisten huumorintajua, heittävät näille palloa ja toivovatkin, että näillä olisi toisenlainen huumorintaju. Kulkijoiden pelivara on siinä, että muut käyttäytyvät odotuksenkaltaisesti väärin, panevat pallon taskuun, ottavat koomisen pelin vakavasti.

Haanpään tarinassa liikutaan yllättävän paljon metaforien varassa. Köysi kaulassa on kuin versio elämän langasta. Samalla siinä kuitenkin tulee ilmi toinen vertaus, veitsi kurkulla. Elämän lankana naru on paksu ja tukeva, hyvä keino, mutta toisaalta siihen on vaarassa kuristua. Aivan vastaavasti elämän lanka - metaforassa lanka on niin ohut, että se voi katketa. Elämän äkillisen lopun mahdollisuus on läsnä molemmissa. Köydessä tulee esiin myös vihjaus elämän nuorallatanssiin, epävakaiseen toimeen, jossa pitää yrittää rohkeasti. Elämän keinona nuora on keinu, kiikku, joka heiluu kahteen suuntaan: toisessa laidassa on hirttäytyminen, kaulakiikku, elämän loppu. Toisessa laidassa on nuorallatanssi, yritys selvitä elämän epävakaudessa. Haanpään kulkijat askeltavat oman tasapainonsa rajoilla, mutta horjumatta.

Haanpää valokuvassa

"Tämä väistämätön kohtalo (ei valokuvaa ilman jotakin tai jotakuta) johtaa valokuvauksen kohteiden, kaikkien maailman kohteiden, suunnattomaan sekasortoon; miksi valita (valokuvattavaksi) tämä kohde, tämä hetki eikä jokin muu."

Pentti Haanpäästä säilyneissä julkaistuissa valokuvissa esiintyy Haanpää-niminen fyysinen henkilö, joka oli ammatiltaan julkinen eläin, kirjailija, vaikka ei pahasti julkisuudesta piitannutkaan. Haanpäästä otetut valokuvat eivät yleensä häikäise kuvauksellisuudellaan, suurin osa niistä on hutaisten otettuja tilapäävalokuvia, joissa Haanpää toikkaroi kuvan kohteena ikään kuin vahingossa. Seassa on teknisesti aivan toivottomia otoksiakin, jotka eivät kiinnostaisi kuin omaisia, ellei kohde sattuisi olemaan tunnettu. Vain Otavan valokuvaajan Eero Trobergin 1950-luvulla ottamat kuvat ovat perinteisessä mielessä kelvollisia valokuvia, vaikka ne ovat välillä turhankin asetelmamaisia ja elottomia. Trobergin kuvissa Haanpää on myös jo resignoitunut, tukeva keski-ikäinen mies, aivan toinen ihminen kuin nuoruudenkuvien synkkäkatseisen uhmakas nuorukainen.

"Valokuva on silkkaa jatkuvasti toistuvaa "Katsokaa", "Katso", "Tässä"; se osoittaa sormella tietyn vis-a-vis'n, kykenemättä irrottautumaan tästä puhtaasti osoittavasta kielestä."

Nuoresta Haanpäästä saa valokuvista synkän vaikutelman: mustat silmänalukset, musta tukka, tumma vaatetus. Kasvojen ilme on vähintäänkin sisäänpäin kääntynyt, ellei suorastaan tyly. Nuori Haanpää on armeijakaverin nimityksen mukainen synkkä sälli, maalaistalossa varttunut kummajainen, joka pakenee metsiin lukemaan ja kirjoittamaan, kun ei kestä muita ihmisiä.

Useissa keski-iän valokuvissa Haanpään kasvoilla on keskittyneen rauhallinen ja vähän sisäänpäin kääntynyt ilme. Etenkin vanhemmiten Haanpään kasvoista tuntuu paistavan rauhallinen itseluottamus ja luoksepääsemätön minuus. Nuoruudenkuvien tumman torjuvat kasvot ovat pehmenneet ja lionneet elämän nesteissä, pyöristyneet ja muhevoituneet. Tummakasvoisesta ja kuoppasilmäisestä, synkän jurosti eteensä tuijottaneesta nuorukaisesta on vuosien mittaan tullut kuin kuka tahansa muheva maalaismies, jonka kasvot hehkuvat maallista hyvinvointia ja elämän kuluttavuutta.

*"Valokuvan punctum on se sattuma, joka pistää minua
(mutta myös ruhjoo ja kirvelee sisälläni)."*

Haanpää-valokuvien sarjaan asettuu varsin erikoisesti
viimeinen kuva Haanpään fyysisestä hahmosta, kuva
Lamujärvestä ylös naaratusta ruumiista, joka makaa
naaraajien jaloissa. Kuvan aihe on selvästikin
naarausretkikunta, etsijät, mutta katsojaa järkyttää, kun
hän viimein huomaa kuvassa kaiken rikkovan ja viiltävän
yksityiskohdan: miesten jaloissa oleva käärö onkin
ruumis, Haanpän ruumis, joka on naarattu ylös järven
pohjasta. Elävänä kuvissa komeana esiintynyt Haanpää
on vain surkea mytty laiturilla, ei paljoa
pressunkappaletta kummempi. Ruumiin jalat roikkuvat
laiturin reunan ylitse ja kädet ovat jäykistyneet levälleen
kuin jotain syleilläkseen, mutta mitään muuta
Haanpäästä ei voi erottaa. Joskus mainittua onnellista
ilmettä kuolleen Haanpään kasvoilla ei pääse ainakaan
tästä kuvasta todentamaan.

Kuvassa olevien etsijöiden ilmeet ovat
totiset ja surulliset, poispäin katsovat. Kuva on kuin
metsästysseurueesta, jonka osallistujista kukaan ei tunne
riemua saaliin saamisesta. Naaraajien kasvot ilmaisevat
surua ja järkytystä saaliin ja saalistuksen laadusta.
Mieslauma, neljä miestä, ympäröi saalista, vähää vailla
että naarausköysiä ja -koukkuja, saalistuksen aseita, ei

ole näkyvissä. Miehet seisovat vakavina jokainen omaan suuntaansa tuijottaen, ja jossain kuvan kulmassa melkein huomaamattomissa on saalis, Haanpään ruumis, joka - toisin kuin etsijät - on hiljainen ja liikkumaton myös todellisuudessa.

Ryhmäkuvissa Haanpää on yleensä joukon laidalla, melkein näkymättömissä kuvan reunoilla. Olipa kyse sitten korttisakista tai kaveriporukasta pullon kanssa, Haanpää on asettunut kuvan laidoille kuin keskipakoisvoiman heittämänä. Ironista kyllä, myös kuolleen Haanpään ruumis rötköttää valokuvan oikeassa alalaidassa, lähes huomaamattomissa. Valokuvaaja on kuin vahingossa onnistunut tekemään kunniaa elävän ihmisen tyylille.

Kaikki valokuvauslainaukset ovat Roland Barthesin kirjasta Valoisa huone (Kansankulttuuri *1985*. Suomentaneet Martti Lintunen, Esa Sironen ja Leevi Lehto)

Loogikon kaksi sukunimeä

Puolalaissyntyinen 1900-luvulla elänyt loogikko ja matemaatikko Alfred Tarski vaihtoi sukunimensä vuonna 1924. Tarskin alkuperäinen sukunimi oli Teitelbaum (puolalaisittain Tajtelbaum, saksaksi sana merkitsee taatelipalmua) – suku oli juutalainen. Puolan 1920-luvun ilmapiirissä juutalaisuus ei ollut suoranainen ansio, joten Tarski päätti vaihtaa sukunimensä. Teko herätti sekä hilpeyttä että pilkkaa: Tarskia pidettiin pyrkyrinä. Vannoutunut ateisti halusi puolalaistua niin kiihkeästi, että ryhtyi myös katolilaiseksi, koska se oli kotimaan uskonto. Alfred uppoutui uuden uskonnon yksityiskohtiin niin kiivaasti, että eräs ystävä vitsaili hänen kirjoittavan aiheesta vielä kirjan. Alfred puolustautui sanomalla, että uskonto oli vain harrastus. Myöhemmin hän kirjoitti Alfred Tarskina kirjan *Cardinal Algebras*, josta ystävä sai aiheen todeta olleensa oikeassa.

Tarski oli nimeä vaihtaessaan 23-vuotias ja asui vielä kotona vanhempiensa luona. Lähtiessään erään kerran nimen vaihtamisen jälkeen viettämään iltaa kaupungille Alfred pyysi isältään rahaa. Isä totesi kuivakkaasti, että mitä jos pyytäisit rahaa isä Tarskilta.

Emme tiedä, saiko Alfred rahaa isä Teitelbaumilta, vai joutuiko hän tyytymään olemattoman isä Tarskin rahoihin.

Kerrotaan että sukunimen vaihto nousi esiin monesti, kun Tarski esitelmöi myöhemmin logiikasta ja matematiikasta. Kun Alfred oli pitänyt esitelmänsä, joku yleisöstä nousi ylös ja sanoi, että Tarskin esittämän teoreeman oli esittänyt ensi kertaa 1920-luvulla Teitelbaum-niminen loogikko. "Minä olen Teitelbaum", vastasi Tarski kasvot punehtuen ja otsasuoni pullistuen. Tulokset olivat olleet osa Alfredin väitöskirjaa vuodelta 1924. Väitöskirja oli jo nimellä Alfred Tarski, mutta sen julkaisut oli julkaissut Alfred Teitelbaum tai Alfred Teitelbaum-Tarski. Sukunimenvaihdos oli rekisteröity yliopistolla kolme päivää ennen kuin väitöskirja hyväksyttiin. Nimenvaihdolla oli ollut kiire.

Tarski-nimen valinnasta on kuultu erilaisia versioita. Yhden version mukaan Alfred ja hänen juristiveljensä Wacław tutkivat sukunimiä Varsovan puhelinluettelosta. Tarskeja oli vain yksi, ja osoittautui että hän oli vanha nainen. Oli siis epätodennäköistä, että nainen esittäisi valitusta, joka voisi estää veljesten nimen vaihtamisen.[1]

---

[1] Puolalaisten sukunimien 1990-luvun alun tietokannan mukaan Puolassa eli vuosikymmenen alussa 49 Tarskia:

Toisen kertomuksen mukaan Alfred keksi sukunimen itse. Se kuulosti hänestä puolalaiselta eikä hänen tietonsa mukaan kenelläkään ollut nimeä[2]. Yllätyksekseen Tarski törmäsi nimikaimaansa Alfred Tarskiin viisikymmentä vuotta myöhemmin Kaliforniassa. Posti oli toimittanut hänelle virheellisesti kirjeen, joka kuului naapurikaupungissa asuvalle Alfredille. Kaima oli lentäjä, jolla oli ollut nimi aina. Kolmannen kertomuksen mukaan eräs ystävä keksi Alfredin uuden sukunimen.

Yleisesti ottaen erisnimiä pidetään kielifilosofiassa merkityksettöminä. Nimet viittaavat yksilöihin, mutta niillä ei ole varsinaista merkityssisältöä niin kuin vaikka tavanomaisella substantiivilla "koira", joka viittaa joko yksittäiseen koiraan tai koirien luokkaan, jolla on tiettyjä ominaisuuksia. Kun loogikko ja matemaatikko Teitelbaum vaihtoi nimensä Tarskiksi, mitään suurta ei tapahtunut kielifilosofisesti. Uusi sukunimi viittasi samaan yksilöön kuin ennenkin. Uudella nimellä oli kuitenkin uusia ominaisuuksia, joita

---

http://www.herby.com.pl/indexslo.html. Nimi vaikuttaa siis melko harvinaiselta. Yhdysvalloissa sukunimi Teitelbaum on puolestaan edelleen melko yleinen, vuonna 2000 Teitelbaumeja oli noin 2 339 kappaletta, http://names.mooseroots.com/l/22236/Teitelbaum
[2] Tämä voi tuskin pitää paikkansa, sillä Tarski-nimi tunnetaan eri muodoissaan jo kaukaa historiasta:
https://www.houseofnames.com/tarski-family-crest

mikään silloin vallinnut tai nykyinen erisnimien teoria ei selitä.

Syitä nimen vaihtamiseen on erilaisia. Joskus entinen nimi ei vain miellytä, ja halutaan uusi nimi, joka miellyttää enemmän. Otetaan sukunimi esimerkiksi omasta tai aviopuolison sukuhaarasta, jos nimi tuntuu jotenkin arvokkaammalta tai miellyttää muuten. Joskus halutaan unohtaa entinen identiteetti kokonaan, jättää entinen elämä taakse ottamalla uusi nimi. Näin tekevät esimerkiksi rikolliset, uuteen maahan muuttavat, vainolta suojaa hakevat jne. Nimi sijoittaa ihmisen sosiaalisesti jollekin kartalle, mutta kaikki eivät halua tai voi pysyä nimen mukana ajan kanssa muodostuneella kartalla.

Alfred Teitelbaumin nimen vaihtamisen syy on selvä: hän halusi peittää antisemiittisessä 1920-luvun Puolassa entisen sukunimensä selkeän juutalaisuuden. Tarski oli sovelias nimi tehtävään. Nimeen Tarski sisältyi puolalaisuuden vivahde niin kuin Teitelbaumiin sisältyi juutalaisuuden vivahde. Tätä ei varsinaisesti kerro mikään erisnimien teoria, mutta se tiedetään kielen puhujien yhteisössä. Alfred Teitelbaum halusi puolalaistua niin hyvin kuin mahdollista, nimeä ja uskontoa myöten.

Tutkija on nimen vaihdoksessa ikävässä tilanteessa sikäli, että hän haluaa pitää yhteyden entiseen nimeen niin, että entisellä nimellä julkaistut tutkimukset luetaan ansioiksi. Nimeä vaihtamalla halutaan katkaista yhteys johonkin, mutta pitää kuitenkin osa yhteyksistä ennallaan. Vanha sukunimi ei pääse unohtumaan kokonaan, ja se saattaa nousta esiin vuosikymmeniä nimenvaihdon jälkeen niin kuin Tarskille kertomusten mukaan kävi monesti. Jollain muulla alalla entistä sukunimeä ei olisi todennäköisesti muisteltu ollenkaan, eikä huvittavia tilanteita olisi syntynyt. Toisaalta totuuden korrespondenssiteorian esittäjälle voisi vinoilla, että Alfred Tarski on totta, jos ja vain jos Alfred Teitelbaum *oli* totta.

Teitelbaumien perhe ei ollut vahvasti juutalainen, perhe eli Varsovassa puolalaisten asuinalueella ja noudatti osin puolalaisia tapoja. Vanhemmat tunsivat kuitenkin identiteettinsä olevan juutalainen, minkä osoittaa isän loukkaantuneisuus Alfredin nimen vaihtamisesta. Vaihtamalla sukunimen Alfred katkaisi osaltaan yhteyden juutalaisuuteen ja sukuun ainakin muodollisesti. Alfred astui tyhjään ottamalla uuden sukunimen, hän astui ulos suvusta, jonka historia ulottuu satoja vuosia taaksepäin. Sukunimet ovat yksi sukulaisuuden yhdistävä tuntomerkki, ja vaihtamalla sukunimeä Alfred katkaisi tämän muodollisen yhteyden sukuun. Se oli varmasti toinen tekijä, joka loukkasi isä

Tarskia.

Tekstin taustatiedot ovat teoksesta Anita Burdman Feferman ja Solomon Feferman: Alfred Tarski. Life and Logic. Cambridge University Press, 2004.

Kirjoitusten taustaa

Seuraavat kirjoitukset on julkaistu aiemmin jokseenkin samassa muodossa kuin nyt.

- Eino Kaila ja parranajon teoria ja käytäntö – filosofiaa miehille. Synteesi 2/1993, s. 69–70.
- Grisha-karhu ja flyygeli. Nuori voima 2–3/2012, s. 36–37.
- Haanpää valokuvassa. Kaltio 3/1995, s. 91.
- Hyvästi. Kaltio 3/2013, s. 33–34.
- Muistamisen tuska. Synteesi 2/1995, s. 101–105.
- Rangaistussiirtolassa. Synteesi 4/1994, 47–49.
- Tristan Tzara ja dadaismin manifestit. Nuori Voima 5/1992, *s. 28–30.*

© 2019 Kimmo Kettunen
Kustantaja: BoD – Books on Demand, Helsinki, Suomi
Valmistaja: BoD – Books on Demand, Norderstedt, Saksa
ISBN: 978-952-318-644-6

FSC
www.fsc.org
MIX
Paperi vastuul-
lisista lähteistä
Paper from
responsible sources
FSC® C105338